Camilo José Cela
La familia de Pascual Duarte

Camilo José Cela

La familia
de Pascual Duarte

Ediciones Destino
Colección
Destinolibro
Volumen 4

© Camilo José Cela
© Ediciones Destino, S.A.
Consell de Cent, 425. 08009 Barcelona
Primera edición: octubre 1942
Primera edición en Destinolibro: mayo 1972
Segunda edición en Destinolibro: febrero 1973
Tercera edición en Destinolibro: diciembre 1974
Cuarta edición en Destinolibro: febrero 1976
Quinta edición en Destinolibro: septiembre 1976
Sexta edición en Destinolibro: marzo 1977
Septima edición en Destinolibro: septiembre 1978
Octava edición en Destinolibro: septiembre 1979
Novena edición en Destinolibro: abril 1980
Décima edición en Destinolibro: diciembre 1980
Undécima edición en Destinolibro: junio 1982
Duodécima edición en Destinolibro: mayo 1983
Decimotercera edición en Destinolibro: mayo 1984
Decimocuarta edición en Destinolibro: noviembre 1985
Decimoquinta edición en Destinolibro: octubre 1986
Decimosexta edición en Destinolibro: febrero 1987
Decimoséptima edición en Destinolibro: mayo 1987
Decimooctava edición en Destinolibro: julio 1988
Decimonovena edición en Destinolibro: marzo 1989
Vigésima edición en Destinolibro: octubre 1989
Vigésimoprimera edición: mayo 1990
ISBN: 84-233-0732-8
Depósito legal: B. 18.621-1990
Impreso por Printer, S.A.
C.N. II 08620 Sant Vicenç dels Horts, Barcelona
Impreso en España - Printed in Spain

Pascual Duarte, de limpio

Pascual Duarte, a fuerza de llevar tiempo y tiempo sin mudarse de ropa, estaba sucio y casi desconocido. Muy limpio, lo que se dice muy limpio, no lo fuera nunca, bien cierto es, pero tan sucio como últimamente andaba tampoco era su natural. Los libros que tienen muchas ediciones acaban siempre por ensuciarse y, de cuando en cuando, conviene fregotearles la cara para volverlos a su ser. Esto de la higiene es arte capcioso pero necesario, arte que si bien debe usarse con cautela para no caer en sus garras, fieras como las del vicio, tampoco es prudente huirlo ni despreciarlo. En Orense vivía un señor que se llamaba don Romualdo Vaqueriza Duque, quien motejaba al bidet de cabeza de puente de la masonería en la vetusta civilización hispana; la gente, como no sabía bien lo que quería decir eso de vetusta, lo dejaba hablar. Don Romualdo, que era muy aparente, murió de un incordio anal que, según la ciencia, quizás hubiera podido desprendérsele con jabón. A mí no me agradaría que el recuerdo de Pascual Duarte — ¡pobre Pascual Duarte, muerto en garrote! — muriera como don Romualdo, de resultas de su miedo al agua.

Los escritores, por lo común, corregimos las pruebas de nuestras primeras ediciones y a veces, ni eso. Las que siguen las dejamos al cuidado de los editores quienes, quizá por aquello de su conocida afición al noble y entretenido juego del pasabola, delegan en el impresor, el que se apoya en el corrector de pruebas que, como anda de cabeza, llama en su auxilio a ese primo pobre que todos tenemos quien, como es más bien haragán, manda a un vecino. El resultado es que, al final, el texto no lo reconoce ni su padre: en este caso, un servidor de ustedes. Los libros, con frecuencia, mejoran con esa gratuita y tácita colaboración, pero los autores rara vez nos avenimos a reconocerlo y solemos preferir, quizás habitados por la soberbia, aquello que con mejor o peor fortuna habíamos escrito.

A veces pienso que escribir no es más que recopilar y ordenar y que los libros se están siempre escribiendo, a veces solos, incluso desde antes de empezar materialmente a escribirlos y aun después de ponerles su punto final. La cosecha de las sensaciones se tamiza en la criba de mil agujeros de la cabeza y cuando se siente madura y en sazón, se apunta en el papel y el libro nace. Lo que sucede es que el libro, después de nacer, sigue creciendo —— armónico o desordenado —— y evolucionando: en la cabeza de su autor, en la imaginación o en el sentimiento de los lectores y, por descontado, en las páginas de sus ulteriores ediciones. Estos crecimientos no son de la misma substancia, bien es verdad, pero todos le hacen crecer. Un niño crece de diferente manera que un cáncer, pero el cáncer —— y eso es lo malo —— también crece.

Con el Pascual Duarte casi he tenido —— en esta ocasión —— que recurrir a la cirugía para podarle lo que le sobraba tanto como para devolverle lo que le quitaron; al final, afortunadamente, bastó con una buena jabonadura. Aunque ahora, al releerlo al cabo de los años, me entraron tentaciones de acicalarlo con mayor esmero y pulcritud, he preferido dejar las cosas — en lo fundamental — como estaban y no andarle hurgando. No la hurgues, que es mocita y pierde — oí decir por el campo de Salamanca, algo más arriba del paisaje extremeño de Pascual Duarte. Además, mi cabeza no es la misma de hace veinte años y este libro es producto de mi cabeza aquella y no de mi cabeza de hoy. Seamos respetuosos con el calendario.

Montaigne llamaba al orden virtud triste y sombría. Probablemente, Montaigne confundió el orden con su máscara, con su mera apariencia; es actitud frecuente entre las gentes de orden, entre quienes llaman orden a lo que no es ritmo sino quietud y, a fuerza de no distinguir entre el culo y las cuatro témporas, acaban tomando el rábano por las hojas. Yo pienso que el orden es algo alegre, vivo y luminoso; lo que es triste y muerto y opaco es lo que suele darse, fraudulenta y enfáticamente, por orden, cuando en realidad no pasa de ser un vacío. El firmamento es un hermoso prodigio de orden. El orden público, por el contrario, no es más cosa, con harta frecuencia, que un caos silencioso al que se fuerza a fingir el límpido color del orden aunque, claro es, nadie acabe creyéndoselo.

Pero si a veces pienso que escribir y ordenar son una misma cosa, otras veces sospecho lo contrario y hasta llego a creer en la inspiración de que nos hablan los poetas románticos — esos grandes mixtificadores — y los críticos románticos — esos denodados paladines de la confusión. Entiendo saludable — no sé si sabio — no pensar siempre en lo adjetivo y sí, en cambio, variar un poco en lo substantivo y permanente. Lo digo a cuenta de que tampoco me extrañaría poder llegar a incluir a la inspiración en la órbita del orden.

A mi novela *La familia de Pascual Duarte,* después de lo mucho que sobre ella he trabajado, voy a procurar no tocarla más. Su texto original queda fijado (quizás fuera menos pedante decir: establecido) en esta edición y a ella procuraré remitirme siempre que lo necesite. Sus traducciones habrá que admitirlas tal como están, salvo que mis futuros traductores prefieran ajustarse al texto de hoy, cosa que habría que agradecerles. Como es de sentido común, las traducciones casi siempre he tenido que darlas por buenas porque, para revisarlas y comentarlas, precisaría de unos conocimientos que estoy muy lejos de poseer. En mis tiempos de La Coruña conocí y admiré mucho a un guardia municipal que se llamaba Castelo y que llevaba bordadas en la manga siete banderitas, una por cada país cuya lengua hablaba. No es mi caso y no me duelen prendas al reconocer que no hubiera podido servir para guardia urbano o, al menos, para guardia urbano coruñés; a lo mejor, en Jaén o en Cáceres exigen menos requisitos y sabidurías.

En fin: Pascual Duarte está limpio, que es lo importante. Ahora se dispone a empezar a morir de nuevo, poco a poco.

Palma de Mallorca, 23 de agosto de 1960.

*Dedico esta edición a mis ene-
migos, que tanto me han ayudado en mi carrera.*

Nota del transcriptor

Me parece que ha llegado la ocasión de dar a la imprenta las memorias de Pascual Duarte. Haberlas dado antes hubiera sido quizás un poco precipitado; no quise acelerarme en su preparación, porque todas las cosas quieren su tiempo, incluso la corrección de la errada ortografía de un manuscrito, y porque a nada bueno ha de concluir una labor trazada, como quien dice, a uña de caballo. Haberlas dado después, no hubiera tenido, para mí, ninguna justificación; las cosas deben ser mostradas una vez acabadas

Encontradas, las páginas que a continuación transcribo, por mí y a mediados del año 39, en una farmacia de Almendralejo — donde Dios sabe qué ignoradas manos las depositaron — me he ido entreteniendo, desde entonces acá, en irlas traduciendo y ordenando, ya que el manuscrito — en parte debido a la mala letra y en parte también a que las cuartillas me las encontré sin numerar y no muy ordenadas —, era punto menos que ilegible.

Quiero dejar bien patente desde el primer momento, que en la obra que hoy presento al curioso lector no me pertenece sino la transcripción; no he corregido ni añadido ni una tilde, porque he querido respetar el relato hasta en su estilo. He preferido, en algunos pasajes demasiado crudos de la obra, usar de la tijera y cortar por lo sano; el procedimiento priva, evidentemente, al lector de conocer algunos

pequeños detalles — que nada pierde con ignorar —;
pero presenta, en cambio, la ventaja de evitar el que
recaiga la vista en intimidades incluso repugnantes,
sobre las què — repito — me pareció más conveniente la poda que el pulido.

El personaje, a mi modo de ver, y quizá por lo
único que lo saco a la luz, es un modelo de conduc-
tas; un modelo no para imitarlo, sino para huirlo;
un modelo ante el cual toda actitud de duda sobra; un
modelo ante el que no cabe sino decir:

— ¿Ves lo que hace? Pues hace lo contrario de lo
que debiera.

Pero dejemos que hable Pascual Duarte, que es
quien tiene cosas interesantes que contarnos.

Carta anunciando el envío del original

Señor don Joaquín Barrera López.
Mérida.

Muy señor mío:

Usted me dispensará de que le envíe este largo relato en compañía de esta carta, también larga para lo que es, pero como resulta que de los amigos de don Jesús González de la Riva (que Dios haya perdonado, como a buen seguro él me perdonó a mí) es usted el único del que guardo memoria de las señas, a usted quiero dirigirlo por librarme de su compañía, que me quema sólo de pensar que haya podido escribirlo, y para evitar el que lo tire en un momento de tristeza, de los que Dios quiere darme muchos por estas fechas, y prive de esa manera a algunos de aprender lo que yo no he sabido hasta que ha sido ya demasiado tarde.

Voy a explicarme un poco. Como desgraciadamente no se me oculta que mi recuerdo más ha de tener de maldito que de cosa alguna, y como quiero descargar, en lo que pueda, mi conciencia con esta pública confesión, que no es poca penitencia, es por lo que me he inclinado a relatar algo de lo que me acuerdo de mi vida. Nunca fue la memoria mi punto fuerte, y sé que es muy probable que me haya olvidado de muchas cosas incluso interesantes, pero a pesar de ello me he metido a contar aquella parte que no quiso borrárseme de la cabeza y que la mano no se resistió a trazar sobre el papel, porque otra parte hubo que al intentar contarla sentía

15

tan grandes arcadas en el alma que preferí callármela y ahora olvidarla. Al empezar a escribir esta especie de memorias me daba buena cuenta de que algo habría en mi vida — mi muerte, que Dios quiera abreviar — que en modo alguno podría yo contar; mucho me dio que cavilar este asuntillo y, por la poca vida que me queda, podría jurarle que en más de una ocasión pensé desfallecer cuando la inteligencia no me esclarecía dónde debía poner punto final. Pensé que lo mejor sería empezar y dejar el desenlace para cuando Dios quisiera dejarme de la mano, y así lo hice; hoy, que parece que ya estoy aburrido de todos los cientos de hojas que llené con mi palabrería, suspendo definitivamente el seguir escribiendo para dejar a su imaginación la reconstrucción de lo que me quede todavía de vida, reconstrucción que no ha de serle difícil, porque, a más de ser poco seguramente, entre estas cuatro paredes no creo que grandes nuevas cosas me hayan de suceder.

Me atosigaba, al empezar a redactar lo que le envío, la idea de que por aquellas fechas ya alguien sabía si había de llegar al fin de mi relato, o dónde habría de cortar si el tiempo que he gastado hubiera ido mal medido y esa seguridad de que mis actos habían de ser, a la fuerza, trazados sobre surcos ya previstos, era algo que me sacaba de quicio. Hoy, más cerca ya de la otra vida, estoy más resignado. Que Dios se haya dignado darme su perdón.

Noto cierto descanso después de haber relatado todo lo que pasé, y hay momentos en que hasta la conciencia quiere remorderme menos.

Confío en que usted sabrá entender lo que mejor no le digo, porque mejor no sabría. Pesaroso estoy ahora de haber equivocado mi camino, pero ya ni pido perdón en esta vida. ¿Para qué? Tal vez sea mejor que hagan conmigo lo que está dispuesto, porque es más que probable que si no lo hicieran volviera a las andadas. No quiero pedir el indulto, porque es demasiado lo malo que la vida me enseñó y mucha mi flaqueza para resistir al instinto. Hágase lo que está escrito en el libro de los Cielos.

Reciba, señor don Joaquín, con este paquete de papel escrito, mi disculpa por haberme dirigido a usted, y acoja este ruego de perdón que le envía, como si fuera el mismo don Jesús, su humilde servidor.

Pascual Duarte

Cárcel de Badajoz, 15 de febrero de 1937.

Cuarta: Ordeno que el paquete de papeles que hay en el cajón de mi mesa de escribir, atado con bramante y rotulado en lápiz rojo diciendo: *Pascual Duarte,* sea dado a las llamas sin leerlo, y sin demora alguna, por disolvente y contrario a las buenas costumbres. No obstante, y si la Providencia dispone que, sin mediar malas artes de nadie, el citado paquete se libre durante dieciocho meses de la pena que le deseo, ordeno al que lo encontrare lo libre de la destrucción, lo tome para su propiedad y disponga de él según su voluntad, si no está en desacuerdo con la mía.

. . . .

Dado en Mérida (Badajoz) y en trance de muerte, a 11 de mayo de 1937.

A la memoria del insigne patricio don Jesús González de la Riva, Conde de Torremejía, quien al irlo a rematar el autor de este escrito, le llamó Pascualillo y sonreía.

P. D.

1

Yo, señor, no soy malo, aunque no me faltarían motivos para serlo. Los mismos cueros tenemos todos los mortales al nacer y sin embargo, cuando vamos creciendo, el destino se complace en variarnos como si fuésemos de cera y en destinarnos por sendas diferentes al mismo fin: la muerte. Hay hombres a quienes se les ordena marchar por el camino de las flores, y hombres a quienes se les manda tirar por el camino de los cardos y de las chumberas. Aquéllos gozan de un mirar sereno y al aroma de su felicidad sonríen con la cara del inocente; estos otros sufren del sol violento de la llanura y arrugan el ceño como las alimañas por defenderse. Hay mucha diferencia entre adornarse las carnes con arrebol y colonia, y hacerlo con tatuajes que después nadie ha de borrar ya.

Nací hace ya muchos años — lo menos cincuenta y cinco — en un pueblo perdido por la provincia de Badajoz; el pueblo estaba a unas dos leguas de Almendralejo, agachado sobre una carretera lisa y larga como un día sin pan, lisa y larga como los días — de una lisura y una largura como usted para su bien, no puede ni figurarse — de un condenado a muerte.

Era un pueblo caliente y soleado, bastante rico en olivos y guarros (con perdón), con las casas pintadas tan blancas, que aún me duele la vista al recordarlas, con una plaza toda de losas, con una

hermosa fuente de tres caños en medio de la plaza.
Hacía ya varios años, cuando del pueblo salí, que
no manaba el agua de las bocas y sin embargo,
¡qué airosa!, ¡qué elegante!, nos parecía a todos la
fuente con su remate figurando un niño desnudo,
con su bañera toda rizada al borde como las con-
chas de los romeros. En la plaza estaba el ayunta-
miento que era grande y cuadrado como un cajón
de tabaco, con una torre en medio, y en la torre un
reloj, blanco como una hostia, parado siempre en las
nueve como si el pueblo no necesitase de su servicio,
sino sólo de su adorno. En el pueblo, como es natural, había casas buenas y casas malas, que son,
como pasa con todo, las que más abundan; había
una de dos pisos, la de don Jesús, que daba gozo
de verla con su recibidor todo lleno de azulejos y
macetas. Don Jesús había sido siempre muy parti-
dario de las plantas, y para mí que tenía ordenado
al ama vigilase los geranios, y los heliotropos, y las
palmas, y la yerbabuena, con el mismo cariño que
si fuesen hijos, porque la vieja andaba siempre co-
rreteando con un cazo en la mano, regando los ties-
tos con un mimo que a no dudar agradecían los
tallos, tales eran su lozanía y su verdor. La casa de
don Jesús estaba también en la plaza y, cosa rara
para el capital del dueño que no reparaba en gastar, se diferenciaba de las demás, además de en
todo lo bueno que llevo dicho, en una cosa en la
que todos le ganaban: en la fachada, que aparecía
del color natural de la piedra, que tan ordinario
hace, y no enjalbegada como hasta la del más pobre estaba; sus motivos tendría. Sobre el portal

había unas piedras de escudo, de mucho valer, según dicen, terminadas en unas cabezas de guerreros de la antigüedad, con su cabezal y sus plumas, que miraban, una para el levante y otra para el poniente, como si quisieran representar que estaban vigilando lo que de un lado o de otro podríales venir. Detrás de la plaza, y por la parte de la casa de don Jesús, estaba la parroquial con su campanario de piedra y su esquilón que sonaba de una manera que no podría contar, pero que se me viene a la memoria como si estuviese sonando por estas esquinas. La torre del campanario era del mismo alto que la del reló y en verano, cuando venían las cigüeñas, ya sabían en qué torre habían estado el verano anterior; la cigüeña cojita, que aún aguantó dos inviernos, era del nido de la parroquial, de donde hubo de caerse, aún muy tierna, asustada por el gavilán.

Mi casa estaba fuera del pueblo, a unos doscientos pasos largos de las últimas de la piña. Era estrecha y de un solo piso, como correspondía a mi posición, pero como llegué a tomarle cariño, temporadas hubo en que hasta me sentía orgulloso de ella. En realidad lo único de la casa que se podía ver era la cocina, lo primero que se encontraba al entrar, siempre limpia y blanqueada con primor; cierto es que el suelo era de tierra, pero tan bien pisada la tenía, con sus guijarrillos haciendo dibujos, que en nada desmerecía de otras muchas en las que el dueño había echado porlan por sentirse más moderno. El hogar era amplio y despejado y alrededor de la campana teníamos un vasar con lozas

23

de adorno, con jarras con recuerdos, pintados en azul, con platos con dibujos azules o naranja; algunos platos tenían una cara pintada, otros una flor, otros un nombre, otros un pescado. En las paredes teníamos varias cosas; un calendario muy bonito que representaba una joven abanicándose sobre una barca y debajo de la cual se leía en letras que parecían de polvillo de plata, «Modesto Rodríguez. Ultramarinos finos. Mérida (Badajoz)», un retrato del Espartero con el traje de luces dado de color y tres o cuatro fotografías — unas pequeñas y otras regular — de no sé quién, porque siempre las vi en el mismo sitio y no se me ocurrió nunca preguntar. Teníamos también un reló despertador colgado de la pared, que no es por nada, pero siempre funcionó como Dios manda, y un acerico de peluche colorado, del que estaban clavados unos bonitos alfileres con sus cabecitas de vidrio de color. El mobiliario de la cocina era tan escaso como sencillo: tres sillas — una de ellas muy fina, con su respaldo y sus patas de madera curvada, y su culera de rejilla — y una mesa de pino, con su cajón correspondiente, que resultaba algo baja para las sillas, pero hacía su avío. En la cocina se estaba bien: era cómoda y en el verano, como no la encendíamos, se estaba fresco sentado sobre la piedra del hogar cuando, a la caída de la tarde, abríamos las puertas de par en par; en el invierno se estaba caliente con las brasas que, a veces, cuidándolas un poco, guardaban el rescoldo toda la noche. ¡Era gracioso mirar las sombras de nosotros por la pared, cuando había unas llamitas! Iban y venían, unas veces lentamente, otras a saltitos como jugando. Me acuerdo que de pequeño, me daba miedo, y aún ahora, de mayor, me corre un estremecimiento cuando traigo memoria de aquellos miedos.

El resto de la casa no merece la pena ni describirlo, tal era su vulgaridad. Teníamos otras dos habitaciones, si habitaciones hemos de llamarlas por eso de que estaban habitadas, ya que no por otra cosa alguna, y la cuadra, que en muchas ocasiones pienso ahora que no sé por qué la llamábamos así, de vacía y desamparada como la teníamos. En una de las habitaciones dormíamos yo y mi mujer, y en la otra mis padres hasta que Dios, o quién sabe si el diablo, quiso llevárselos; después quedó vacía casi siempre, al principio porque no había quien la ocupase, y más tarde, cuando podía haber habido alguien, porque este alguien prefirió siempre la cocina, que además de ser más clara no tenía soplos. Mi hermana, cuando venía, dormía siempre en ella, y los chiquillos, cuando los tuve, también tiraban para allí en cuanto se despegaban de la madre. La verdad es que las habitaciones no estaban muy limpias ni muy construidas, pero en realidad tampoco había para quejarse; se podía vivir, que es lo principal, a resguardo de las nubes de la navidad, y a buen recaudo — para lo que uno se merecía — de las asfixias de la Virgen de agosto. La cuadra era lo peor; era lóbrega y oscura, y en sus paredes estaba empapado el mismo olor a bestia muerta que desprendía el despeñadero cuando allá por el mes de mayo comenzaban los animales a criar la carroña que los cuervos habíanse de comer.

Es extraño pero, de mozo, si me privaban de aquel olor me entraban unas angustias como de muerte;

me acuerdo de aquel viaje que hice a la capital por mor de las quintas; anduve todo el día de Dios desazonado, venteando los aires como un perro de caza. Cuando me fui a acostar, en la posada, olí mi pantalón de pana. La sangre me calentaba todo el cuerpo. Quité a un lado la almohada y apoyé la cabeza para dormir sobre mi pantalón, doblado. Dormí como una piedra aquella noche.

En la cuadra teníamos un burrillo matalón y escurrido de carnes que nos ayudaba en la faena y, cuando las cosas venían bien dadas, que dicho sea pensando en la verdad no siempre ocurría, teníamos también un par de guarros (con perdón) o tres. En la parte de atrás de la casa teníamos un corral o saledizo, no muy grande, pero que nos hacía su servicio, y en él un pozo que andando el tiempo hube de cegar porque dejaba manar un agua muy enfermiza.

Por detrás del corral pasaba un regato, a veces medio seco y nunca demasiado lleno, cochino y maloliente como tropa de gitanos, y en el que podían cogerse unas anguilas hermosas, como yo algunas tardes y por matar el tiempo me entretenía en hacer. Mi mujer, que en medio de todo tenía gracia, decía que las anguilas estaban rollizas porque comían lo mismo que don Jesús, sólo que un día más tarde. Cuando me daba por pescar se me pasaban las horas tan sin sentirlas, que cuando tocaba a recoger los bártulos casi siempre era de noche; allá, a lo lejos, como una tortuga baja y gorda, como una culebra enroscada que temiese despegarse del suelo, Almendralejo comenzaba a encender sus luces eléctricas. Sus habitantes a buen seguro que ignoraban que yo había estado pescando, que estaba en aquel momento mismo mirando cómo se encendían las luces de sus casas, imaginando incluso cómo muchos de ellos decían cosas que a mí se me figuraban o hablaban de cosas que a mí me ocurrían. ¡Los habitantes de las ciudades viven vueltos de espaldas a la verdad y muchas veces ni se dan cuenta siquiera de que a dos leguas, en medio de la llanura, un hombre del campo se distrae pensando en ellos mientras dobla la caña de pescar, mientras recoge del suelo el cestillo de mimbre con seis o siete anguilas dentro!

Sin embargo, la pesca siempre me pareció pasatiempo poco de hombres, y las más de las veces dedicaba mis ocios a la caza; en el pueblo me dieron fama de no hacerlo mal del todo y, modestia aparte, he de decir con sinceridad que no iba descaminado quien me la dio. Tenía una perrilla perdiguera — la Chispa —, medio ruin, medio bravía, pero que se entendía muy bien conmigo; con ella me iba muchas mañanas hasta la Charca, a legua y media del pueblo hacia la raya de Portugal, y nunca nos volvíamos de vacío para casa. Al volver, la perra se me adelantaba y me esperaba siempre junto al cruce; había allí una piedra redonda y achatada como una silla baja, de la que guardo tan grato recuerdo como de cualquier persona; mejor, seguramente, que el que guardo de muchas de ellas. Era ancha y algo hundida y cuando me sentaba se me escurría un poco el trasero (con perdón) y quedaba tan acomodado que sentía tener que dejarla; me pasaba largos ratos sentado sobre la piedra del cruce, silbando, con la escopeta entre las piernas, mirando lo que había de verse, fumando pitillos. La perrilla, se sentaba enfrente de mí, sobre sus dos patas de atrás, y me miraba, con la cabeza ladeada, con sus dos ojillos castaños muy despiertos; yo le hablaba y ella, como si quisiese entenderme mejor, levantaba un poco las orejas; cuando me callaba aprovechaba para dar unas carreras detrás de los saltamontes, o simplemente para cambiar de postura. Cuando me marchaba, siempre, sin saber por qué, había de volver la cabeza hacia la piedra, como para despedirme, y hubo un día que debió parecerme tan triste por mi marcha, que no tuve más suerte que volver sobre mis pasos a sentarme de nuevo. La perra volvió a echarse frente a mí y volvió a mirarme; ahora me doy cuenta de que tenía la mirada de los confesores, escrutadora y fría, como dicen que es la de los linces... un temblor recorrió todo mi cuerpo; parecía como una corriente que forzaba por salirme por los brazos, el pitillo se me había apagado; la escopeta, de un solo caño, se dejaba acariciar, lentamente, entre mis piernas. La perra seguía mirándome fija, como si no me hubiera visto nunca, como si fuese a culparme de algo de un momento a otro, y su mirada me calentaba la sangre de las venas de tal manera que se veía llegar el momento en que tuviese que entregarme; hacía calor, un calor espantoso, y mis ojos se entornaban dominados por el mirar, como un clavo, del animal.

Cogí la escopeta y disparé; volví a cargar y volví a disparar. La perra tenía una sangre oscura y pegajosa que se extendía poco a poco por la tierra.

2

De mi niñez no son precisamente buenos recuerdos los que guardo. Mi padre se llamaba Esteban
Duarte Diniz, y era portugués, cuarentón cuando
yo niño, y alto y gordo como un monte. Tenía la
color tostada y un estupendo bigote negro que se
echaba para abajo. Según cuentan, cuando joven le
tiraban las guías para arriba, pero, desde que estuvo
en la cárcel, se le arruinó la prestancia, se le ablandó
la fuerza del bigote y ya para abajo hubo que llevarlo
hasta el sepulcro. Yo le tenía un gran respeto y no
poco miedo, y siempre que podía escurría el bulto
y procuraba no tropezármelo; era áspero y brusco y
no toleraba que se le contradijese en nada, manía que
yo respetaba por la cuenta que me tenía. Cuando se
enfurecía, cosa que le ocurría con mayor frecuencia
de lo que se necesitaba, nos pegaba a mi madre y a mí
las grandes palizas por cualquiera la cosa, palizas
que mi madre procuraba devolverle por ver de co-
rregirlo, pero ante las cuales a mí no me quedaba
sino resignación dados mis pocos años. ¡Se tienen
las carnes muy tiernas a tan corta edad!

Ni con él ni con mi madre me atreví nunca a
preguntar de cuando lo tuvieron encerrado, porque
pensé que mayor prudencia sería el no meter los
perros en danza, que ya por sí solos danzaban más
de lo conveniente; claro es que en realidad no necesitaba preguntar nada porque como nunca faltan
almas caritativas, y menos en los pueblos de tan

corto personal, gentes hubo a quienes faltó tiempo
para venir a contármelo todo. Lo guardaron por
contrabandista; por lo visto había sido su oficio durante muchos años, pero como el cántaro que mucho va a la fuente acaba por romperse, y como no
hay oficio sin quiebra, ni atajo sin trabajo, un buen
día, a lo mejor cuando menos lo pensaba — que la
confianza es lo que pierde a los valientes —, le siguieron los carabineros, le descubrieron el alijo, y
lo mandaron a presidio. De todo esto debía hacer
ya mucho tiempo, porque yo no me acuerdo de nada;
a lo mejor ni había nacido.

Mi madre, al revés que mi padre, no era gruesa,
aunque andaba muy bien de estatura; era larga y
chupada y no tenía aspecto de buena salud, sino
que, por el contrario, tenía la tez cetrina y las mejillas hondas y toda la presencia o de estar tísica
o de no andarle muy lejos; era también desabrida y
violenta, tenía un humor que se daba a todos los
diablos y un lenguaje en la boca que Dios le haya
perdonado, porque blasfemaba las peores cosas a
cada momento y por los más débiles motivos. Ves-
tía siempre de luto y era poco amiga del agua, tan
poco que si he de decir la verdad, en todos los
años de su vida que yo conocí, no la vi lavarse
más que en una ocasión en que mi padre la llamó
borracha y ella quiso como demostrarle que no le
daba miedo el agua. El vino en cambio ya no le dis-
gustaba tanto y siempre que apañaba algunas pe-
rras, o que le rebuscaba el chaleco al marido, me
mandaba a la taberna por una frasca que escondía,
porque no se la encontrase mi padre, debajo de la

cama. Tenía un bigotillo cano por las esquinas de los labios, y una pelambrera enmarañada y zafia que recogía en un moño, no muy grande, encima de la cabeza. Alrededor de la boca se le notaban unas cicatrices o señales, pequeñas y rosadas como perdigonadas, que según creo, le habían quedado de una bubas malignas que tuviera de joven; a veces, por el verano, a las señales les volvía la vida, se les subía la color y acababan formando como alfileritos de pus que el otoño se ocupaba de matar y el invierno de barrer.

Se llevaban mal mis padres; a su poca educación se unía su escasez de virtudes y su falta de conformidad con lo que Dios les mandaba — defectos todos ellos que para mi desgracia hube de heredar — y esto hacía que se cuidaran bien poco de pensar los principios y de refrenar los instintos, lo que daba lugar a que cualquier motivo, por pequeño que fuese, bastara para desencadenar la tormenta que se prolongaba después días y días sin que se le viese el fin. Yo, por lo general, no tomaba el partido de ninguno porque si he de decir verdad tanto me daba el que cobrase el uno como el otro; unas veces me alegraba de que zurrase mi padre y otras mi madre, pero nunca hice de esto cuestión de gabinete.

Mi madre no sabía leer ni escribir; mi padre sí, y tan orgulloso estaba de ello que se lo echaba en cara cada lunes y cada martes y, con frecuencia y aunque no viniera a cuento, solía llamarla ignorante, ofensa gravísima para mi madre, que se ponía como un basilisco. Algunas tardes venía mi padre para casa con un papel en la mano y, quisiéramos que no, nos

sentaba a los dos en la cocina y nos leía las noticias;
venían después los comentarios y en ese momento
yo me echaba a temblar porque estos comentarios
eran siempre el principio de alguna bronca. Mi madre,
por ofenderlo, le decía que el papel no decía nada de
lo que leía y que todo lo que decía se lo sacaba mi
padre de la cabeza, y a éste, el oírla esa opinión le
sacaba de quicio; gritaba como si estuviera loco, la
llamaba ignorante y bruja y acababa siempre diciendo
a grandes voces que si él supiera decir esas cosas de
los papeles a buena hora se le hubiera ocurrido casarse
con ella. Ya estaba armada. Ella le llamaba desgraciado
y peludo, lo tachaba de hambriento y portugués, y él,
como si esperara a oír esa palabra para golpearla, se
sacaba el cinturón y la corría todo alrededor de la
cocina hasta que se hartaba. Yo, al principio, apañaba
algún cintarazo que otro, pero cuando tuve más expe-
riencia y aprendí que la única manera de no mojarse
es no estando a la lluvia, lo que hacía, en cuanto veía
que las cosas tomaban mal cariz, era dejarlos solos
y marcharme. Allá ellos.

La verdad es que la vida en mi familia poco tenía
de placentera, pero como no nos es dado escoger, sino
que ya — y aun antes de nacer — estamos destinados
unos a un lado y otros a otro, procuraba conformarme
con lo que me había tocado, que era la única manera
de no desesperar. De pequeño, que es cuando más
manejable resulta la voluntad de los hombres, me
mandaron una corta temporada a la escuela; decía
mi padre que la lucha por la vida era muy dura y que
había que irse preparando para hacerla frente con las
únicas armas con las que podíamos dominarla, con

las armas de la inteligencia. Me decía todo esto de un tirón y como aprendido, y su voz en esos momentos me parecía más velada y adquiría unos matices insospechados para mí. Después, y como arrepentido, se echaba a reír estrepitosamente y acababa siempre por decirme, casi con cariño:

— No hagas caso, muchacho. ¡Ya voy para viejo!

Y se quedaba pensativo y repetía en voz baja una y otra vez:

— ¡Ya voy para viejo...! ¡Ya voy para viejo...!

Mi instrucción escolar poco tiempo duró. Mi padre, que, como digo, tenía un carácter violento y autoritario para algunas cosas, era débil y pusilánime para otras: en general tengo observado que el carácter de mi padre sólo lo ejercitaba en asuntillos triviales, porque en las cosas de trascendencia, no sé si por temor o por qué, rara vez hacía hincapié. Mi madre no quería que fuese a la escuela y siempre que tenía ocasión, y aun a veces sin tenerla, solía decirme que para no salir en la vida de pobre no valía la pena aprender nada. Dio en terreno abonado, porque a mí tampoco me seducía la asistencia a las clases, y entre los dos, y con la ayuda del tiempo, acabamos convenciendo a mi padre que optó porque abandonase los estudios. Sabía ya leer y escribir, y sumar y restar, y en realidad para manejarme ya tenía bastante. Cuando dejé la escuela tenía doce años; pero no vayamos tan de prisa, que todas las cosas quieren su orden y no por mucho madrugar amanece más temprano.

Era yo de bien corta edad cuando nació mi hermana Rosario. De aquel tiempo guardo un recuerdo confuso y vago y no sé hasta qué punto relataré fielmente

lo sucedido; voy a intentarlo, sin embargo, pensando
que si bien mi relato pueda pecar de impreciso, siempre estará más cerca de la realidad que las figuraciones
que, de imaginación y a ojo de buen cubero, pudiera
usted hacerse. Me acuerdo de que hacía calor la tarde
en que nació Rosario; debía ser por julio o agosto. El
campo estaba en calma y agostado y las chicharras, con
sus sierras, parecían querer limarle los huesos a la tierra; las gentes y las bestias estaban recogidas y el sol,
allá en lo alto, como señor de todo, iluminándolo todo,
quemándolo todo... Los partos de mi madre fueron
siempre muy duros y dolorosos; era medio machorra
y algo seca y el dolor era en ella superior a sus fuerzas.
Como la pobre nunca fue un modelo de virtudes ni de
dignidades y como no sabía sufrir y callar, como yo, lo
resolvía todo a gritos. Llevaba ya gritando varias horas
cuando nació Rosario, porque — para colmo de desdi-
chas — era de parto lento. Ya lo dice el refrán: mujer
de parto lento y con bigote... (la segunda parte no la
escribo en atención a la muy alta persona a quien estas
líneas van dirigidas). Asistía a mi madre una mujer del
pueblo, la señora Engracia, la del Cerro, especialista
en duelos y partera, medio bruja y un tanto misteriosa,
que había llevado consigo unas mixturas que aplicaba
en el vientre de mi madre para aplacarla la dolor, pero
como ésta, con ungüento o sin él, seguía dando gritos
hasta más no poder, a la señora Engracia no se le ocurrió mejor cosa que tacharla de descreída y mala cris-
tiana, y como en aquel momento los gritos de mi madre arreciaban como el vendaval, yo llegué a pensar si
no sería cierto que estaba endemoniada. Mi duda poco
duró porque pronto quedó esclarecido que la causa de

las desusadas voces había sido mi nueva hermana.

Mi padre llevaba ya un largo rato paseando a grandes zancadas por la cocina. Cuando Rosario nació se arrimó hasta la cama de mi madre y sin consideración ninguna de la circunstancia, la empezó a llamar bribona y zorra y a arrearle tan fuertes hebillazos que extrañado estoy todavía de que no la haya molido viva. Después se marchó y tardó dos días enteros en volver; cuando lo hizo venía borracho como una bota; se acercó a la cama de mi madre y la besó; mi madre se dejaba besar... Después se fue a dormir a la cuadra.

A Rosario le armaron un tingladillo con un cajón
no muy hondo, en cuyos fondos esparramaron una almohada entera de borra, y allí la tuvieron, orilla a la
cama de mi madre, envuelta en tiras de algodón y tan
tapada que muchas veces me daba por pensar que aca-
barían por ahogarla. No sé por qué, hasta entonces, se
me había ocurrido imaginar a los niños pequeños blan-
cos como la leche, pero de lo que sí me acuerdo es de
la mala impresión que me dio mi hermanilla cuando la
vi pegajosa y colorada como un cangrejo cocido; tenía
una pelusa rala por la cabeza, como la de los estorni-
nos o la de los pichones en el nido, que andando los
meses hubo de perder, y las manitas agarrotadas y tan
claras que mismo daba grima el verlas. Cuando a los
tres o cuatro días de nacer le desenrollaron las tiras
por ver de limpiarla un poco, pude fijarme bien en
cómo era y casi puedo decir que no me diera tanta
repugnancia como la primera vez: la color le había
clareado, los ojitos — que aún no abría — parecían
como querer mover los párpados, y ya las manos me
daban la impresión de haber ablandado. La limpió bien
limpiada con agua de romero la señora Engracia, que
otra cosa pudiera ser que no, pero asistenta de los desgraciados sí lo era; la envolvió de nuevo en las tiras
que libraron menos pringadas; echó a un lado, por la-
varlas, aquellas otras que salieron peor tratadas, y dejó
a la criatura tan satisfecha, que tantas horas seguidas
hubo de dormir, que nadie — por el silencio de mi

casa — hubiera dado a pensar que habíamos estado de parto. Mi padre se sentaba en el suelo, a la vera del cajón, y mirando para la hija se le pasaban las horas, con una cara de enamorado como decía la señora Engracia, que a mí casi me hacía olvidar su verdadero sistema. Después se levantaba, se iba a dar una vuelta por el pueblo, y cuando menos lo pensábamos, a la hora a que menos costumbre teníamos de verlo venir allí lo teníamos, otra vez al lado del cajón, con la cara blanda y la mirada tan humilde que cualquiera que lo hubiera visto, de no conocerlo, se hubiera creído ante el mismísimo San Roque.

Rosario se nos crió siempre debilucha y esmirriada — ¡poca vida podía sacar de los vacíos pechos de mi madre! — y sus primeros tiempos fueron tan difíciles que en más de una ocasión estuvo a pique de marcharse. Mi padre andaba desazonado viendo que la criatura no prosperaba, y como lo resolvía todo echándose más vino por el gaznate, nos tocó pasar a mi madre y a mí por una temporada que tan mala llegó a ser que echábamos de menos el tiempo pasado, que tan duro nos parecía cuando no lo habíamos conocido peor. ¡Misterios de la manera de ser de los mortales que tanto aborrecen de lo que tienen para después echarlo de menos! Mi madre, que había quedado aún más baja de salud que antes de parir, apañaba unas tundas soberanas, y a mí, que no le resultaba nada fácil cogerme, me arreaba unas punteras al desgaire cuando me tropezaba, que vez hubo de levantarme la sangre del trasero (con perdón), o de dejarme el costillar tan señalado como si me lo hubiera tocado con el hierro de marcar.

Poco a poco la niña se fue reponiendo y cobrando

fuerzas con unas sopas de vino tinto que a mi madre la recetaron, y como era de natural despierto, y el tiempo no pasaba en balde, si bien tardó algo más de lo corriente en aprender a andar, rompió a hablar de muy tierna con tal facilidad y tal soltura que a todos nos tenía como embobados con sus gracias.

Pasó ese tiempo en que los chiquillos están siempre igual. Rosario creció, llegó a ser casi una mocita, y en cuanto reparamos en ella dimos a observar que era más avisada que un lagarto, y como en mi familia nunca nos diera a nadie por hacer uso de los sesos para el objeto con que nos fueron dados, pronto la niña se hizo la reina de la casa y nos hacía andar a todos más derechos que varas. Si el bien hubiera sido su natural instinto, grandes cosas hubiera podido hacer, pero como Dios se conoce que no quiso que ninguno de nosotros nos distinguiésemos por las buenas inclinaciones, encarriló su discurrir hacia otros menesteres y pronto nos fue dado el conocer que si bien no era tonta, más hubiera valido que lo fuese; servía para todo y para nada bueno: robaba con igual gracia y donaire que una gitana vieja, se aficionó a la bebida de bien joven, servía de alcahueta para los devaneos de la vieja, y como nadie se ocupó de enderezarla — y de aplicar al bien tan claro discurrir — fue de mal en peor hasta que un día, teniendo la muchacha catorce años, arrambló con lo poco de valor que en nuestra choza había, y se marchó a Trujillo, a casa de la Elvira. El efecto que su marcha produjo en mi casa ya se puede figurar usted cuál fue; mi padre culpaba a mi madre, mi madre culpaba a mi padre... En lo que más se notó la falta de Rosario fue en las escandaleras de mi padre, porque si antes, cuando ella estaba, procuraba armarlas fuera de su presencia, ahora, al faltar, y al no estar ella nunca delante, cualquiera hora y lugar le parecía bueno para organizarlas. Es curioso pensar que mi padre, que a bruto y cabezón ganaban muy pocos, era a ella la única persona que escuchaba; bastaba una mirada de Rosario para calmar sus iras, y en más de una ocasión buenos golpes se ahorraron con su sola presencia. ¡Quién iba a suponer que a aquel hombrón lo había de dominar una tierna criatura!

En Trujillo tiró hasta cinco meses, pasados los cuales unas fiebres la devolvieron, medio muerta, a casa, donde estuvo encamada cerca de un año porque las fiebres, que eran de orden maligna, la tuvieron tan cerca del sepulcro que por oficio de mi padre — que borracho y pendenciero sí sería, pero cristiano viejo y de la mejor ley también lo era — llegó a estar sacramentada y preparada por si había de hacer el último viaje. La enfermedad tuvo, como todas, sus alternativas, y a los días en que parecía como revivir sucedían las noches en que todos estábamos en que se nos quedaba; el humor de mis padres era como sombrío, y de aquel triste tiempo sólo guardo como recuerdo de paz el de los meses que pasaron sin que sonaran golpes entre aquellas paredes, ¡tan apurado andaba el par de viejos!... Las vecinas echaban todas su cuarto a espadas por recetarla yerbas, pero como la que mayor fe nos daba era la señora Engracia, a ella hubimos de recurrir y a sus consejos, por ver de sanarla; complicada fue, bien lo sabe Dios, la curación que la mandó, pero como se le hizo poniendo todos los cinco sentidos bien debió de probarla, porque aunque despacio, se la veía que le volvía la salud. Como ya dice el refrán, yerba mala nunca muere, y sin que yo quiera decir con esto que Rosario fuera mala (si bien tampoco pondría una mano en el fuego por sostener que fuera buena), lo cierto es que después de tomados los cocimientos que la señora Engracia dijera, sólo hubo que esperar a que pasase el tiempo para que recobrase la salud, y con ella su prestancia y lozanía.

No bien se puso buena, y cuando la alegría volvía otra vez a casa de mis padres, que en lo único que es-taban acordes era en su preocupación por la hija, vol-vió a hacer el pirata la muy zorra, a llenarse la talega con los ahorros del pobre y sin más reverencias, y como a la francesa, volvió a levantar el vuelo y a marcharse, esta vez camino de Almendralejo, donde paró en casa de Nieves la Madrileña; cierto es, o por tal lo tengo, que aun al más ruin alguna fibra de bueno siempre le queda, porque Rosario no nos echó del todo en el olvido y alguna vez — por nuestro santo o por las navidades — nos tiraba con algún chaleco, que aunque nos venía justo y recibido como faja por vien-tre satisfecho, su mérito tenía porque ella, aunque con más relumbrón por aquello de que había que vestir el oficio, tampoco debía nadar en la abundancia. En Al-mendralejo hubo de conocer al hombre que había de labrarle la ruina; no la de la honra, que bien arruinada debía andar ya por entonces, sino la del bolsillo, que una vez perdida aquélla, era por la única que tenía que mirar. Llamábase el tal sujeto Paco López, por mal nombre el Estirao, y de él me es forzoso reconocer que era guapo mozo, aunque no con un mirar muy decidido, porque por tener un ojo de vidrio en el sitio donde Dios sabrá en qué hazaña perdiera el de carne, su mirada tenía una desorientación que perdía al más plantado; era alto, medio rubiales, juncal y andaba tan derechito que no se equivocó por cierto quien le llamó por vez primera el Estirao; no tenía mejor oficio que su cara porque, como las mujeres tan memas son que lo mantenían, el hombre prefería no trabajar, cosa que si me parece mal, no sé si será porque yo nunca tuve ocasión de hacer. Según cuentan, en tiempos anduviera de novillero por las plazas andaluzas; yo no sé si creerlo porque no me parecía hombre valiente más que con las mujeres, pero como éstas, y mi hermana entre ellas, se lo creían a pies juntillas, él se daba la gran vida, porque ya sabe usted lo mucho que dan en valorar las mujeres a los toreros. En una ocasión, andando yo a la perdiz bordeando la finca de Los Jarales — de don Jesús — me tropecé con él, que por tomar el aire se había ido de Almendralejo medio millar de pasos por el monte; iba muy bien vestidito con su terno café, con su visera y con un mimbre en la mano. Nos saludamos y el muy ladino, como viera que no le preguntaba por mi hermana, quería tirarme de la lengua por ver de colocarme las frasecitas; yo resistía y él debió de notar que me achicaba porque sin más ni más y como quien no quiere la cosa, cuando ya teníamos mano sobre mano para marcharnos, me soltó:

— ¿Y la Rosario?

— Tú sabrás…

— ¿Yo?

— ¡Hombre! ¡Si no lo sabes tú!

— ¿Y por qué he de saberlo?

Lo decía tan serio que cualquiera diría que no había mentido en su vida; me molestaba hablar con él de la Rosario, ya ve usted lo que son las cosas.

El hombre daba golpecitos con la vara sobre las matas de tomillo.

— Pues sí, ¡para que lo sepas!, ¡está bien! ¿No lo querías saber?

— ¡Mira, Estirao! ¡Mira, Estirao! ¡Que soy muy hombre y que no me ando por las palabras! ¡No me tientes!... ¡No me tientes!...

— ¿Pero qué te he de tentar, si no tienes dónde? ¿Pero qué quieres saber de la Rosario? ¿Qué tiene que ver contigo la Rosario? ¿Que es tu hermana? Bueno ¿y qué? También es mi novia, si vamos a eso.

A mí me ganaba por la palabra, pero si hubiéramos acabado por llegar a las manos le juro a usted por mis muertos que lo mataba antes de que me tocase un pelo. Yo me quise enfriar porque me conocía la carácter y porque de hombre a hombre no está bien reñir con una escopeta en la mano cuando el otro no la tiene.

— Mira, Estirao, ¡más vale que nos callemos! ¿Que es tu novia? Bueno, ¡pues que lo sea! ¿Y a mí qué?

El Estirao se reía; parecía como si quisiera pelea.

— ¿Sabes lo que te digo?

— ¡Qué!

— Que si tú fueses el novio de mi hermana, te hubiera matado.

Bien sabe Dios que el callarme aquel día me costó la salud; pero no quería darle, no sé por qué habrá sido. Me resultaba extraño que me hablaran así; en el pueblo nadie se hubiera atrevido a decirme la mitad.

— Y que si te tropiezo otro día rondándome, te mato en la plaza por la feria.

— ¡Mucha chulería es esa!

— ¡A pinchazos!

— ¡Mira, Estirao!... ¡Mira, Estirao!...

.   .   .   .

Aquel día se me clavó una espina en un costado que todavía la tengo clavada.

Por qué no la arranqué en aquel momento es cosa que aún hoy no sé. Andando el tiempo, de otra temporada que, por reparar otras fiebres, vino a pasar mi hermana con nosotros, me contó el fin de aquellas palabras: cuando el Estirao llegó aquella noche a casa de la Nieves a ver a la Rosario, la llamó aparte.

— ¿Sabes que tienes un hermano que ni es hombre ni es nada?

— ...

— ¿Y que se achanta como los conejos en cuanto oyen voces?

Mi hermana salió por defenderme, pero de poco le valió; el hombre había ganado. Me había ganado a mí que fue la única pelea que perdí por no irme a mi terreno.

— Mira, paloma; vamos a hablar de otra cosa. ¿Qué hay?

— Ocho pesetas.

— ¿Nada más?

— Nada más. ¿Qué quieres? ¡Los tiempos están malos...!

El Estirao le cruzó la cara con la varita de mimbre hasta que se hartó..

Después...

— ¿Sabes que tienes un hermano que ni es hombre ni es nada?

.   .   .   .

Mi hermana me pidió por su salud que me quedase en el pueblo.

La espina del costado estaba como removida. Por qué no la arranqué en aquel momento es cosa que aún hoy no sé...

4

Usted sabrá disculpar el poco orden que llevo en el relato, que por eso de seguir por la persona y no por el tiempo me hace andar saltando del principio al fin y del fin a los principios como langosta vareada, pero resulta que de manera alguna, que ésta no sea, podría llevarlo, ya que lo suelto como me sale y a las mientes me viene, sin pararme a construirlo como una novela, ya que, a más de que probablemente no me saldría, siempre estaría a pique del peligro que me daría el empezar a hablar y a hablar para quedarme de pronto tan ahogado y tan parado que no supiera por dónde salir.

Los años pasaban sobre nosotros como sobre todo el mundo, la vida en mi casa discurría por las mismas sendas de siempre, y si no he de querer inventar, pocas noticias que usted no se figure puedo darle de entonces.

A los quince años de haber nacido la niña, y cuando por lo muy chupada que mi madre andaba y por el tiempo pasado cualquier cosa podía pensarse menos que nos había de dar un nuevo hermano, quedó la vieja con el vientre lleno, vaya usted a saber de quién, porque sospecho que, ya por la época, liada había de andar con el señor Rafael, de forma que no hubo más que esperar los días de ley para acabar recibiendo a uno más en la familia. El nacer del pobre Mario — que así hubimos de llamar al nuevo hermano — más tuvo de accidentado y de molesto que de otra cosa, porque, para colmo y por si fuera poca la escandalera de mi madre al parir, fue todo a coincidir con la muerte de mi padre, que si no hubiera sido tan trágica, a buen seguro movería a risa así pensada en frío. Dos días hacía que a mi padre lo teníamos encerrado en la alacena cuando Mario vino al mundo; le había mordido un perro rabioso, y aunque al principio parecía que libraba de rabiar, más tarde hubieron de acometerle unos trembleques que nos pusieron a todos sobre aviso. La señora Engracia nos enteró de que la mirada iba a hacer abortar a mi madre y, como el pobre no tenía arreglo, nos industriamos para encerrarlo con la ayuda de algunos vecinos y de tantas precauciones como pudimos, porque tiraba unos mordiscos que a más de uno hubiera arrancado un brazo de habérselo cogido; todavía me acuerdo con pena y con temor de aquellas horas... ¡Dios, y qué fuerza hubimos de hacer todos para reducirlo! Pateaba como un león, juraba que nos había de matar a todos, y tal fuego había en su mirar, que por seguro lo tengo que lo hubiera hecho si Dios lo hubiera permitido. Dos días hacía, digo, que encerrado lo teníamos, y tales voces daba y tales patadas arreaba sobre la puerta, que hubimos de apuntalar con unos maderos, que no me extraña que Mario, animado también por los gritos de la madre, viniera al mundo asustado y como lelo; mi padre acabó por callarse a la noche siguiente — que era la del día de Reyes —, y cuando fuimos a sacarlo pensando que había muerto, allí nos lo encontramos, arrimado contra el suelo y con un miedo en la cara que mismo parecía haber entrado en los infiernos. A mí me asustó un tanto que mi madre en vez de llorar, como esperaba, se riese, y no tuve más remedio que ahogar las lágrimas que quisieron asomarme cuando vi el cadáver, que tenía los ojos abiertos y llenos de sangre y la boca entreabierta con la lengua morada medio fuera. Cuando tocó a enterrarlo, don Manuel, el cura, me echó un sermoncete en cuanto me vio. Yo no me acuerdo mucho de lo que me dijo; me habló de la otra vida, del cielo y del infierno, de la Virgen María, de la memoria de mi padre, y cuando a mí se me ocurrió decir que en lo tocante al recuerdo de mi padre lo mejor sería ni recordarlo, don Manuel, pasándome una mano por la cabeza me dijo que la muerte llevaba a los hombres de un reino para otro y que era muy celosa de que odiásemos lo que ella se había llevado para que Dios lo juzgase. Bueno, no me lo dijo así; me lo dijo con unas palabras muy justas y cabales, pero lo que me quiso decir no andaría, sobre poco más o menos, muy alejado de lo que dejo escrito. Desde aquel día siempre que veía a don Manuel lo saludaba y le besaba la mano, pero cuando me casé hubo de decirme mi mujer que parecía marica haciendo tales cosas y, claro es, ya no pude saludarlo más; después me enteré que don Manuel había dicho de mí que era talmente como una rosa en un estercolero y bien sabe Dios qué ganas me entraron de ahogarlo en aquel momento; después se me fue pasando y, como soy de natural violento, pero pronto, acabé por olvidarlo, porque además, y pensándolo bien, nunca estuve muy seguro de haber entendido a derechas; a lo mejor don Manuel no había dicho nada — a la gente no hay que creerla todo lo que cuenta — y aunque lo hubiera dicho... ¡Quién sabe lo que hubiera querido decir!

¡Quién sabe si no había querido decir lo que yo entendí!

Si Mario hubiera tenido sentido cuando dejó este valle de lágrimas, a buen seguro que no se hubiera marchado muy satisfecho de él. Poco vivió entre nosotros; parecía que hubiera olido el parentesco que le esperaba y hubiera preferido sacrificarlo a la compañía de los inocentes en el limbo. ¡Bien sabe Dios que acertó con el camino, y cuántos fueron los sufrimientos que se ahorró al ahorrarse años! Cuando nos abandonó no había cumplido todavía los diez años, que si pocos fueron para lo demasiado que había de sufrir, suficientes debieran de haber sido para llegar a hablar y a andar, cosas ambas que no llegó a conocer; el pobre no pasó de arrastrarse por el suelo como si fuese una culebra y de hacer unos ruiditos con la garganta y con la nariz como si fuese una rata: fue lo único que aprendió. En los primeros años de su vida ya a todos nosotros nos fue dado el conocer que el infeliz, que tonto había nacido, tonto había de morir; tardó año y medio en echar el primer hueso de la boca y cuando lo hizo, tan fuera de su sitio le fue a nacer, que la señora Engracia, que tantas veces fuera nuestra providencia, hubo de tirárselo con un cordel para ver de que no se clavara en la lengua. Hacia los mismos días, y vaya usted a saber si como resultas de la mucha sangre que tragó por lo del diente, la salió un sarampión o sarpullido por el trasero (con perdón) que llegó a ponerle las nalguitas como desolladas y en la carne viva por habérsele mezclado la orina con la pus de las bubas; cuando hubo que curarle lo dolido con vinagre y con sal, la criatura tales lloros se dejaba arrancar que hasta al más duro de corazón hubiera enternecido. Pasó algún tiempo que otro de cierto sosiego, jugando con una botella, que era lo que más le llamaba la atención, o echadito al sol, para que reviviese, en el corral o en la puerta de la calle, y así fue tirando el inocente, unas veces mejor y otras peor, pero ya más tranquilo, hasta que un día — teniendo la criatura cuatro años — la suerte se volvió tan de su contra que, sin haberlo buscado ni deseado, sin a nadie haber molestado y sin haber tentado a Dios, un guarro (con perdón) le comió las dos orejas. Don Raimundo, el boticario, le puso unos polvos amarillitos, de seroformo, y tanta dolor daba el verlo amarillado y sin orejas que todas las vecinas, por llevarle consuelo, le llevaban, las más, un tejeringo los domingos; otras, unas almendras; otras, unas aceitunas en aceite o un poco de chorizo... ¡Pobre Mario, y cómo agradecía, con sus ojos negrillos, los consuelos! Si mal había estado hasta entonces, mucho más mal le aguardaba después de lo del guarro (con perdón); pasábase los días y las noches llorando y aullando como un abandonado, y como la poca paciencia de la madre la agotó cuando más falta le hacía, se pasaba los meses tirado por los suelos, comiendo lo que le echaban, y tan sucio que aun a mí que, ¿para qué mentir?, nunca me lavé demasiado, llegaba a darme repugnancia. Cuando un guarro (con perdón) se le ponía a la vista, cosa que en la provincia pasaba tantas veces al día como no se quisiese, le entraban al hermano unos corajes que se ponía como loco: gritaba con más fuerzas aún que la costumbre, se atosigaba por esconderse detrás de algo, y en la cara y en los ojos un temor se le acusaba que dudo que no lograse parar al mismo Lucifer que a la Tierra subiese.

Me acuerdo que un día — era un domingo — en una de esas temblequeras tanto espanto llevaba y tanta rabia dentro, que en su huida le dio por atacar — Dios sabría por qué — al señor Rafael que en casa estaba porque, desde la muerte de mi padre, por ella entraba y salía como por terreno conquistado; no se le ocurriera peor cosa al pobre que morderle en una pierna al viejo, y nunca lo hubiera hecho, porque éste con la otra pierna le arreó tal patada en una de las cicatrices que lo dejó como muerto y sin sentido, manándole una agüilla que me dio por pensar que agotara la sangre. El vejete se reía como si hubiera hecho una hazaña y tal odio le tomé desde aquel día que, por mi gloria le juro, que de no habérselo llevado Dios de mis alcances, me lo hubiera endiñado en cuanto hubiera tenido ocasión para ello.

La criatura se quedó tirada todo lo larga que era, y mi madre — le aseguro que me asusté en aquel momento que la vi tan ruin — no lo cogía y se reía haciéndole el coro al señor Rafael; a mí, bien lo sabe Dios, no me faltaron voluntades para levantarlo, pero preferí no hacerlo... ¡Si el señor Rafael, en el momento, me hubiera llamado blando, por Dios que lo machaco delante de mi madre!

Me marché hasta las casas por tratar de olvidar; en el camino me encontré a mi hermana — que por entonces andaba por el pueblo —, le conté lo que pasó y tal odio hube de ver en sus ojos que me dio por cavilar en que había de ser mal enemigo; me acordé, no sé por qué sería, del Estirao, y me reía de pensar que alguna vez mi hermana pudiera ponerle aquellos ojos.

Cuando volvimos hasta la casa, pasadas dos horas largas del suceso, el señor Rafael se despedía; Mario seguía tirado en el mismo sitio donde lo dejé, gimiendo por lo bajo, con la boca en la tierra y con la cicatriz más morada y miserable que cómico en cuaresma; mi hermana, que creí que iba a armar el zafarrancho, lo levantó del suelo por ponerlo recostado en la artesa. Aquel día me pareció más hermosa que nunca, con su traje de color azul como el del cielo, y sus aires de madre montaraz ella, que ni lo fuera, ni lo había de ser...

Cuando el señor Rafael acabó por marcharse, mi madre recogió a Mario, lo acunó en el regazo y le estuvo lamiendo la herida toda la noche, como una perra parida a los cachorros; el chiquillo se dejaba querer y sonreía... Se quedó dormidito y en sus labios quedaba aún la señal de que había sonreído. Fue aquella noche, seguramente, la única vez en su vida que le vi sonreír...

5

Pasó después algún tiempo sin que se desgraciara de nuevo, pero, como al que el destino persigue no se libra aunque se esconda debajo de las piedras, día llegó en que, no encontrándolo por lado alguno, fue a aparecer, ahogado, en una tinaja de aceite. Lo encontró mi hermana Rosario. Estaba en la misma postura que una lechuza ladrona a quien hubiera cogido un viento; volcado sobre el borde de la tinaja, con la nariz apoyada sobre el barro del fondo. Cuando lo levantamos, un hilillo de aceite le caía de la boca como una hebra de oro que estuviera devanando con el vientre; el pelo que en vida lo tuviera siempre de la apagada color de la ceniza, le brillaba con unos brillos tan lozanos que daba por pensar que hubiera resucitado al él morir. Tal es todo lo extraño que la muerte de Mario me recuerda...

Mi madre tampoco lloró la muerte de su hijo; secas debiera tener las entrañas una mujer con corazón tan duro que unas lágrimas no le quedaran siquiera para señalar la desgracia de la criatura... De mí puedo decir, y no me avergüenzo de ello, que sí lloré, así como mi hermana Rosario, y que tal odio llegué a cobrar a mi madre, y tan de prisa había de crecerme, que llegué a tener miedo de mí mismo. ¡La mujer que no llora es como la fuente que no mana, que para nada sirve, o como el ave del cielo que no canta, a quien, si Dios quisiera, le caerían las alas, porque a las alimañas falta alguna les hacen!

Mucho me dio que pensar, en muchas veces, y aún ahora mismo si he de·decir la verdad, el motivo de que a mi madre llegase a perderle la respeto, primero, y el cariño y las formas al andar de los años; mucho me dio que pensar, porque quería hacer un claro en la memoria que me dejase ver hacia qué tiempo dejó de ser una madre en mi corazón y hacia qué tiempo llegó después a convertírseme en un enemigo. En un enemigo rabioso, que no hay peor odio que el de la misma sangre; en un enemigo que me gastó toda la bilis, porque a nada se odia con más intensos bríos que a aquello a que uno se parece y uno llega a aborrecer el parecido. Después de mucho pensar, y de nada esclarecer del todo, sólo me es dado el afirmar que la respeto habíasela ya perdido tiempo atrás, cuando en ella no encontraba virtud alguna que imitar, ni don de Dios que copiar, y que de mi corazón hubo de marcharse cuando tanto mal vi en ella que junto no cupiera dentro de mi pecho. Odiarla, lo que se dice llegar a odiarla, tardé algún tiempo — que ni el amor ni el odio fueran cosa de un día — y si apuntara hacia los días de la muerte de Mario pudiera ser que no errara en muchas fechas sobre su aparición.

A la criatura hubimos de secarle las carnes con unas hilas de lino por evitar que fuera demasiado grasiento al Juicio, y de prepararlo bien vestido con unos percales que por la casa había, con unas alpargatas que me acerqué hasta el pueblo para buscar, con su corbatita de la color de la malva hecha una lazada sobre la garganta como una mariposa que en su inocencia le diera por posarse sobre un muerto. El señor

Rafael, que hubo de sentirse caritativo con el muerto a quien de vivo tratara tan sin piedad, nos ayudó a preparar el ataúd; el hombre iba y venía de un lado para otro diligente y ufano como una novia, ora con unos clavos, ora con alguna tabla, tal vez con el bote del albayalde, y en su diligencia y ufanía hube de concentrar todo mi discurrir, porque, sin saber ni entonces ni ahora por qué ni por qué no, me daba la corazonada de que por dentro se estaba bañando en agua de rosas. Cuando decía, con un gesto como distraído:

— ¡Dios lo ha querido! ¡Angelitos al cielo...! — me dejaba tan pensativo que ahora me cuesta un trabajo desusado el reconstruir lo que por mí paso. Después repetía como un estribillo, mientras clavaba las tablas o mientras daba la pintura:

— ¡Angelitos al cielo! ¡Angelitos al cielo...! — y sus palabras me golpeaban el corazón como si tuviera un reló dentro... Un reló que acabase por romperme los pechos... Un reló que obedecía a sus palabras, soltadas poco a poco y como con cuidado, y a sus ojillos húmedos y azules como los de las víboras, que me miraban con todo el intento de simpatizar, cuando el odio más ahogado era lo único que por mi sangre corría para él. Me acuerdo con disgusto de aquellas horas:

— ¡Angelitos al cielo! ¡Angelitos al cielo!

¡El hijo de su madre, y cómo fingía el muy zorro! Hablemos de otra cosa.

Yo no supe nunca, la verdad, porque tampoco nunca me diera por pensar en ello en serio, en cómo serían los ángeles; tiempo hubo en que me los imaginaba rubios y vestidos con unas largas faldas azules o rosa; tiempo hubo también en que los creía de la color de las nubes y tan delgados como ni siquiera fueran los tallos de los trigos. Sin embargo, lo que sí puedo afirmar es que siempre me los figuré muy distintos de mi hermano Mario, motivo que a buen seguro fue lo que ocasionó que pensara que detrás de las palabras del señor Rafael había gato escondido y una intención tan maligna y tan de segundo rebote como de su mucha ruindad podía esperarse.

Su entierro, como años atrás el de mi padre, fue pobre y aburrido, y detrás de la caja no se hubieron de juntar, sin exageración, más arriba de cinco o seis personas: don Manuel, Santiago el monaguillo, Lola, tres o cuatro viejas y yo. Delante iba Santiago, con la cruz, silbandillo y dando patadas a los guijarros; detrás, la caja; detrás, don Manuel con su vestidura blanca sobre la sotana, que parecía como un peinador, y detrás las viejas con sus lloros y sus lamentos, que mismo parecía a quienes las viese que todas juntas eran las madres de lo que iba encerrado camino de la tierra.

Lola era ya por entonces medio novia mía, y digo medio novia nada más porque, en realidad, aunque nos mirábamos con alguna inclinación, yo nunca me había atrevido a decirle ni una palabra de amores; me daba cierto miedo que me despreciase, y si bien ella se me ponía a tiro las más de las veces porque yo me decidiese, siempre podía más en mí la timidez que me hacía dar largas y más largas al asunto, que iba prolongándose ya más de lo debido. Yo debía de andar por los veintiocho o treinta años, y ella, que era algo más joven que mi hermana Rosario, por los veintiuno o veintidós; era alta, morena de color, negra de pelo, y tenía unos ojos tan profundos y tan negros que herían al mirar; tenía las carnes prietas y como endurecidas de saludable como estaba, y por el mucho desarrollo que mostraba cualquiera daría en pensar que se encontraba delante de una madre. Sin embargo, y antes de pasar adelante y arriesgarme a echarlo en el olvido, quiero decirle a usted, para atenerme en todo a la verdad, que por aquellas fechas tan entera estaba como al nacer y tan desconocedora de varón como una novicia; es esto una cosa sobre la que quiero hacer hincapié para evitar que puedan formarse torcidas ideas sobre ella; lo que hiciera más tarde — sólo Dios lo sabe hasta el final — allá ella con su conciencia, pero de lo que hiciera por aquel tiempo tan seguro estoy que alejada de toda idea de lujuria andaba que no dudaría ni un solo instante en dar mi alma al diablo si me demostrase lo contrario. Andaba con mucho poder y seguridad y con tanto desparpajo y arrogancia que cualquiera cosa pudiera parecer menos una pobre campesina, y su mata de pelo, cogida en una gruesa trenza bajo la cabeza, tal sensación daba de poderío que, al pasar de los meses y cuando llegué a mandar en ella como marido, gustaba de azotarme con ella por las mejillas, tal era su suavidad y su aroma: como a sol, y a tomillo, y a las frías gotitas de sudor que por el bozo le aparecían al sofocarse...

El entierro, volviendo a lo que íbamos, salió con facilidad; como la fosa ya estaba hecha, no hubo sino que meter a mi hermano dentro de ella y acabar de taparlo con tierra. Don Manuel rezó unos latines y las mujeres se arrodillaron; a Lola, al arrodillarse, se le veían las piernas, blancas y apretadas como morcillas, sobre la media negra. Me avergüenzo de lo que voy a decir, pero que Dios lo aplique a la salvación de mi alma por el mucho trabajo que me cuesta: en aquel momento me alegré de la muerte de mi hermano... Las piernas de Lola brillaban como la plata, la sangre me golpeaba por la frente y el corazón parecía como querer salírseme del pecho.

No vi marcharse ni a don Manuel ni a las mujeres. Estaba como atontado, cuando empecé a volver a percatarme de la vida, sentado en la tierra recién removida sobre el cadáver de Mario; por qué me quedé allí y el tiempo que pasó, son dos cosas que no averigüé jamás. Me acuerdo que la sangre seguía golpeándome las sienes, que el corazón seguía queriéndose echar a volar. El sol estaba cayendo; sus últimos rayos se iban a clavar sobre el triste ciprés, mi única compañía. Hacía calor; unos tiemblos me recorrieron todo el cuerpo; no podía moverme, estaba clavado como por el mirar del lobo.

De pie, a mi lado, estaba Lola, sus pechos subían y bajaban al respirar...

— ¿Y tú?
— ¡Ya ves!
— ¿Qué haces aquí?
— ¡Pues..., nada! Por aquí...

Me levanté y la sujeté por un brazo.

— ¿Qué haces aquí?
— ¡Pues nada! ¿No lo ves? ¡Nada!

Lola me miraba con un mirar que espantaba. Su voz era como una voz del más allá, grave y subterránea como la de un aparecido.

— ¡Eres como tu hermano!
— ¿Yo?
— ¡Tú! ¡Sí!

. . . .

Fue una lucha feroz. Derribada en tierra, sujeta, estaba más hermosa que nunca... Sus pechos subían y bajaban al respirar cada vez más de prisa. Yo la agarré del pelo y la tenía bien sujeta a la tierra. Ella forcejeaba, se escurría...

La mordí hasta la sangre, hasta que estuvo rendida y dócil como una yegua joven.

. . . .

— ¿Es eso lo que quieres?
— ¡Sí!

Lola me sonreía con su dentadura toda igual... Después me alisaba el cabello.

— ¡No eres como tu hermano...! ¡Eres un hombre...!

En sus labios quedaban las palabras un poco retumbantes.

— ¡Eres un hombre...! ¡Eres un hombre...!

La tierra estaba blanda, bien me acuerdo. Y en la tierra, media docena de amapolas para mi hermano muerto: seis gotas de sangre...

— ¡No eres como tu hermano...! ¡Eres un hombre...!

— ¿Me quieres?
— ¡Sí!

6

Quince días ha querido la Providencia que pasaran
desde que dejé escrito lo que atrás queda, y en ellos,
entretenido como estuve con interrogatorios y visitas
del defensor por un lado, y con el traslado hasta este
nuevo sitio, por otro, no tuve ni un instante libre para
coger la pluma. Ahora, después de releer este fajo,
todavía no muy grande, de cuartillas, se mezclan en
mi cabeza las ideas más diferentes con tal precipitación
y tal marea que, por más que pienso, no consigo acer-
tar a qué carta quedarme. Mucha desgracia, como
usted habrá podido ver, es la que llevo contada, y
pienso que las fuerzas han de decaerme cuando me
enfrente con lo que aún me queda, que más desgraciado es todavía; me espanta pensar con qué puntuali-
dad me es fiel la memoria, en estos momentos en que
todos los hechos de mi vida — sobre los que no hay
maldita la forma de volverme atrás — van quedando
escritos en estos papeles con la misma claridad que
en un encerado; es gracioso — y triste también, ¡bien
lo sabe Dios! — pararse a considerar que si el esfuerzo
de memoria que por estos días estoy haciendo se me
hubiera ocurrido años atrás, a estas horas, en lugar
de estar escribiendo en una celda, estaría tomando
el sol en el corral, o pescando anguilas en el regato,
o persiguiendo conejos por el monte. Estaría haciendo
otra cosa cualquiera de esas que hacen — sin fijarse —
la mayor parte de los hombres; estaría libre, como
libres están — sin fijarse tampoco — la mayor parte

de los hombres; tendría por delante Dios sabe cuántos años de vida, como tienen — sin darse cuenta de que pueden gastarlos lentamente — la mayor parte de los hombres...

El sitio donde me trajeron es mejor; por la ventana se ve un jardincillo, cuidadoso y lamido como una salita, y más allá del jardincillo, hasta la serranía, se extiende la llanada, castaña como la piel de los hombres, por donde pasan — a veces — las reatas de mulas que van a Portugal, los asnillos troteros que van hasta las chozas, las mujeres y los niños que van sólo hasta el pozo.

Yo respiro mi aire, que entra y sale de la celda porque con él no va nada, ese mismo aire que a lo mejor respira mañana o cualquier día el mulero que pasa... Yo veo la mariposa toda de colores que revolea torpe sobre los girasoles, que entra por la celda, da dos vueltas y sale, porque con ella no va nada, y que acabará posándose tal vez sobre la almohada del director... Yo cojo con la gorra el ratón que comía lo que yo ya dejara, lo miro, lo dejo — porque con él no va nada — y veo cómo escapa con su pasito suave a guarecerse en su agujero, ese agujero desde el que sale para comer el rancho del forastero, del que está tan sólo una temporada en la celda de la que ha de salir para el infierno las más de las veces...

Tal vez no me creyera si le dijera que en estos momentos tal tristeza me puebla y tal congoja, que por asegurarle estoy que mi arrepentimiento no menor debe ser que el de un santo; tal vez no me creyera, porque demasiado malos han de ser los informes que de mí conozca y el juicio que de mí se haya formado a estas alturas, pero sin embargo… Yo se lo digo, quizás nada más que por eso de decírselo, quizás nada más que por eso de no quitarme la idea de las mientes de que usted sabrá comprender lo que le digo, y creer lo que por mi gloria no le juro porque poco ha de valer jurar ya sobre ella… El amargor que me sube a la garganta es talmente como si el corazón me fabricara acíbar en vez de sangre; me sube y me baja por el pecho, dejándome un regusto ácido en el paladar; mojándome la lengua con su aroma, secándome los dentros con su aire pesaroso y maligno como el aire de un nicho.

He parado algún tiempo de escribir; quizás hayan sido veinte minutos, quizás una hora, quizás dos… Por el sendero — ¡qué bien se veían desde mi ventana! — cruzaban unas personas. Probablemente ni pensaban en que yo les miraba, de naturales como iban. Eran dos hombres, una mujer y un niño; parecían contentos andando por el sendero. Los hombres tendrían treinta años cada uno; la mujer algo menos; el niño no pasaría de los seis. Iba descalzo, triscando como las cabras alrededor de las matas, vestido con una camisolina que le dejaba el vientre al aire. Trotaba unos pasitos adelante, se paraba, tiraba alguna piedra al pájaro que pasaba… No se parecía en nada, y sin embargo, ¡cómo me recordaba a mi hermano Mario!

La mujer debía ser la madre, tenía la color morena, como todas, y una alegría en todo el cuerpo que mismo uno se sentía feliz al mirar para ella. Bien distinta era de mi madre y sin embargo, ¿por qué sería que tanto me la recordaba?

Usted me perdonará, pero no puedo seguir. Muy

poco me falta para llorar... Usted sabe, tan bien como yo, que un hombre que se precie nó debe dejarse acometer por los lloros como una mujer cualquiera.

Voy a continuar con mi relato; triste es, bien lo sé, pero más triste todavía me parecen estas filosofías, para las que no está hecho mi corazón: esa máquina que fabrica la sangre que alguna puñalada ha de verter...

[7]

Mis relaciones con Lola siguieron por los derroteros que a usted no se le ocultarán, y al andar de los tiempos y aún no muy pasados los cinco meses del entierro del hermano muerto me vi sorprendido — ya ve lo que son las cosas — con la noticia que menos debiera haberme sorprendido.

Fue el día de San Carlos, en el mes de noviembre. Yo había ido a casa de Lola, como todos los días desde meses atrás; su madre, como siempre, se levantó y se marchó. A mi novia la encontré un poco pálida y como rara, después me di cuenta; parecía como si hubiera llorado, como si la agobiase una pena profunda. La conversación — que nunca entre los dos había sido demasiado corrida — se espantaba aquel día a nuestra voz, como los grillos a las pisadas, o como las perdices al canto del caminante; cada intento que hacía para hablar tropezaba al salirme en la garganta, que se quedaba tan seca como un muro.

— Pues no hables si no quieres.

— ¡Sí, quiero!

— Pues habla. ¿Yo te lo impido?

— ¡Pascual!

— ¡Qué!

— ¿Sabes una cosa?

— No.

— ¿Y no te la figuras?

— No.

Ahora me da risa de pensar que tardara tanto tiempo en caer.

—¡Pascual!

—¡Qué!

—¡Estoy preñada!

Al principio no me enteré. Me quedé como aplastado, tan ajeno estaba a la novedad; jamás había pensado que aquello que me decían, que aquello que era tan natural, pudiera suceder. No sé en qué estaría pensando.

La sangre me calentaba las orejas, que se me pusieron rojas como brasas; los ojos me escocían como si tuvieran jabón...

Quizás llegaran a pasar lo menos diez minutos de un silencio de muerte. El corazón se me notaba por las sienes, con sus golpes cortados como los de un reló; tardé algún tiempo en notarlo.

La respiración de Lola parecía como que pasara por una flauta.

—¿Que estás preñada?

—¡Sí!

Lola se echó a llorar. A mí no se me ocurría nada para consolarla.

—No seas tonta. Unos se mueren..., otros nacen...

Quizás quiera Dios librarme de alguna pena en los infiernos por lo tierno que aquella tarde me sentí.

—¿Pues qué tiene de particular? También tu madre lo estuvo antes de parirte..., y la mía también...

Hacía unos esfuerzos inauditos por decir algo. Había notado un cambio en Lola; parecía como que la hubieran vuelto del revés.

—Es lo que pasa siempre, ya se sabe. ¡No tienes por qué apurarte!

64

Yo miraba para el vientre de Lola; no se le notaba nada. Estaba hermosa como pocas veces, con la
color perdida y la madeja de pelo revuelta.

Me acerqué hasta ella y la besé en la mejilla;
estaba fría como una muerta. Lola se dejaba besar con
una sonrisa en la boca que mismo parecía la sonrisa
de una mártir de los tiempos antiguos.

— ¿Estás contenta?

— ¡Sí! ¡Muy contenta!

Lola me habló sin sonreír.

— ¿Me quieres…, así?

— Sí, Lola…, así.

Era verdad. En aquellos momentos era así como
la quería: joven y con hijo en el vientre; con un hijo
mío, a quien — por entonces — me hacía la ilusión
de educar y de hacer de él un hombre de provecho.

— Nos vamos a casar, Lola; hay que arreglar los
papeles. Esto no puede quedar así…

— No.

La voz de Lola parecía como un suspiro.

— Y le quiero demostrar a tu madre que sé cum-
plir como un hombre.

— Ya lo sabe…

— ¡No lo sabe!

Cuando se me ocurrió marcharme era ya noche
cerrada.

— Llama a tu madre.

— ¿A mi madre?

— Sí.

— ¿Para qué?

— Para decírselo.

— Ya lo sabe.

— Lo sabrá… ¡Pero quiero decírselo yo!

Lola se puso de pie — ¡qué alta era! — y salió. Al pasar el quicio de la cocina me gustó más que nunca.

La madre entró al poco rato:

— ¿Qué quieres?

— Ya lo ve usted.

— ¿Has visto cómo la has dejado?

— Bien la dejé.

— ¿Bien?

— Sí. ¡Bien! ¿O es que no tiene edad?

La madre callaba; yo nunca creí verla tan mansa.

— Quería hablarla a usted.

— ¿De qué?

— De su hija. Me voy a casar con ella.

— Es lo menos. ¿Estás decidido del todo?

— Sí que lo estoy.

— ¿Y lo has pensado bien?

— Sí; muy bien.

— ¿En tan poco tiempo?

— Tiempo hubo sobrado.

— Pues espera; la voy a llamar.

La vieja salió y tardó mucho tiempo en venir; estarían forcejeando. Cuando volvió traía a Lola de la mano.

— Mira; que se quiere casar. ¿Te quieres casar tú?

—Sí.

— Bueno, bueno… Pascual es un buen.muchacho, ya sabía yo lo que había de hacer… Andar, ¡daros un beso!

— Ya nos lo hemos dado.

— Pues daros otro. Andar, que yo os vea.

Me acerqué a la muchacha y la besé; la besé intensamente, con todas mis fuerzas, muy apretada contra mis hombros, sin importarme para nada la presencia de la madre. Sin embargo, aquel primer beso con permiso me supo a poco, a mucho menos que aquellos primeros del cementerio que tan lejanos parecían.

— ¿Me puedo quedar?

— Sí, quédate.

— No, Pascual, no te quedes; todavía no te quedes.

— Sí, hija, sí, que se quede. ¿No va a ser tu marido?

Me quedé y pasé la noche con ella.

Al día siguiente, muy de mañana, me acerqué hasta la parroquial; entré en la sacristía. Allí estaba don Manuel preparándose para decir la misa, esa misa que decía para don Jesús, para el ama y para dos o tres viejas más. Al verme llegar se quedó como sorprendido.

— ¿Y tú por aquí?

— Pues ya ve usted, don Manuel, a hablar con usted venía.

— ¿Muy largo?

— Sí, señor.

— ¿Puedes esperar a que diga la misa?

— Sí, señor. Prisa no tengo.

— Pues espérame, entonces.

Don Manuel abrió la puerta de la sacristía y me señaló un banco de la iglesia, un banco como el de todas las iglesias, de madera sin pintar, duro y frío como la piedra, pero en los que tan hermosos ratos se pasan algunas veces.

— Siéntate allí. Cuando veas que don Jesús se
arrodilla, te arrodillas tú; cuando veas que don Jesús
se levanta, te levantas tú; cuando veas que don Jesús se sienta, te sientas tú también...

— Sí, señor.

La misa duró, como todas, sobre la media hora,
pero aquella media hora se me pasó en un vuelo.

Cuando acabó, me volví a la sacristía. Allí estaba
don Manuel desvistiéndose.

— Tú dirás.

— Pues ya ve usted... Me querría casar.

— Me parece muy bien, hijo, me parece muy bien;
para eso ha creado Dios a los hombres y a las mujeres,
para la perpetuación de la especie humana.

— Sí, señor.

— Bien, bien. ¿Y con quién? ¿Con la Lola?

— Sí, señor.

— ¿Y lo llevas pensando mucho tiempo?

— No, señor; ayer...

— ¿Ayer, nada más?

— Nada más. Ayer me dijo ella lo que había.

— ¿Había algo?

— Sí.

— ¿Embarazada?

— Sí, señor. Embarazada.

— Pues sí, hijo; lo mejor es que os caséis. Dios os
lo perdonará todo y, ante la vista de los·hombres,
incluso, ganáis en consideración. Un hijo habido fuera
del matrimonio es un pecado y un baldón. Un hijo
nacido de padres cristianamente casados es una bendición de Dios. Yo te arreglaré los papeles. ¿Sois
primos?

68

—No, señor.

—Mejor. Vuelve dentro de quince días por aquí; yo te lo tendré ya todo preparado.

—Sí, señor.

—¿A dónde vas ahora?

—Pues ya ve usted. ¡A trabajar!

—¿Y no te querrías confesar antes?

—Sí...

Me confesé, y me quedé suave y aplanado como si me hubieran dado un baño de agua caliente.

8

Al cabo de poco más de un mes, el 12 de diciembre, día de la Virgen de Guadalupe, que aquel año cuadró en miércoles, y después de haber cumplido con todos los requisitos de la ley de la Iglesia, Lola y yo nos casamos.

Yo andaba preocupado y como pensativo, como temeroso del paso que iba a dar — ¡casarse es una cosa muy seria, qué caramba! — y momentos de flaqueza y desfallecimiento tuve, en los que le aseguro que no me faltó nada para volverme atrás y mandarlo todo a tomar vientos, cosa que si no llegué a hacer fue por pensar que como la campanada iba a ser muy gorda y, en realidad, no me había de quitar más miedo, lo mejor sería estarme quieto y dejar que los acontecimientos salieran por donde quisieran: los corderos quizás piensen lo mismo al verse llevados al degolladero... De mí puedo decir que lo que se avecinaba momento hubo en que pensé que me había de hacer loquear. No sé si sería el olfato que me avisaba de la desgracia que me esperaba. Lo peor es que ese mismo olfato no me aseguraba mayor dicha si es que quedaba soltero.

Como en la boda me gasté los ahorrillos que tenía — que una cosa fuera casarse a contrapelo de la voluntad y otra el tratar de quedar como me correspondía —, nos resultó, si no lucida, sí al menos tan rumbosa, en lo que cabe, como la de cualquiera. En la iglesia mandé colocar unas amapolas y unas matas de romero florecido, y el aspecto de ella era agradable y acogedor quizás por eso de no sentir tan frío al pino de los bancos y a las losas del suelo. Ella iba de negro, con un bien ajustado traje de lino del mejor, con un velo todo de encaje que le regaló la madrina, con unas varas de azahar en la mano y tan gallarda y tan poseída de su papel, que mismamente parecía una reina; yo iba con un vistoso traje azul con raya roja que me llegué hasta Badajoz para comprar, con una visera de raso negro que aquel día estrené, con pañuelo de seda y con leontina. ¡Hacíamos una hermosa pareja, se lo aseguro, con nuestra juventud y nuestro empaque! ¡Ay, tiempos aquellos en que aún quedaban instantes en que uno parecía como sospechar la felicidad, y qué lejanos me parecéis ahora!

Nos apadrinaron el señorito Sebastián, el de don Raimundo el boticario, y la señora Aurora, la hermana de don Manuel, el cura que nos echó la bendición y un sermoncete al acabar, que duró así como tres veces la ceremonia, y que si aguanté no por otra cosa fuera — ¡bien lo sabe Dios! — que por creerlo de obligación; tan aburrido me llegó a tener. Nos habló otra vez de la perpetuación de la especie, nos habló también del Papa León XIII, nos dijo no sé qué de San Pablo y los esclavos..., ¡A fe que el hombre se traía bien preparado el discurso!

Cuando acabó la función de iglesia — cosa que nunca creí que llegara a suceder — nos llegamos todos, y como en comisión, hasta mi casa, donde, sin grandes comodidades, pero con la mejor voluntad del mundo, habíamos preparado de comer y de beber hasta hartarse para todos los que fueron y para el doble que hubieran ido. Para las mujeres había chocolate con tejeringos, y tortas de almendra, y bizcochada, y pan de higo, y para los hombres había manzanilla y tapitas de chorizo, de morcón, de aceitunas, de sardinas en lata... Sé que hubo en el pueblo quien me criticó por no haber dado de comer; allá ellos. Lo que sí le puedo asegurar es que no más duros me hubiera costado el darles gusto, lo que, sin embargo, preferí no hacer, porque me resultaba demasiado atado para las ganas que tenía de irme con mi mujer. La conciencia tranquila la tengo de haber cumplido — y bien — y eso me basta; en cuanto a las murmuraciones... ¡más vale ni hacerles caso!

Después de haber hecho el honor a los huéspedes, y en cuanto que tuve ocasión para ello, cogí a mi mujer, la senté a la grupa de la yegua, que enjaecé con los arreos del señor Vicente, que para eso me los había prestado, y pasito a pasito, y como temeroso de verla darse contra el suelo, cogí la carretera y me acerqué hasta Mérida, donde hubimos de pasar tres días, quizás los tres días más felices de mi vida. Por el camino hicimos alto tal vez hasta media docena de veces, por ver de refrescarnos un poco, y ahora me acuerdo con extrañeza y mucho me da que vacilar el pararme a pensar en aquel rapto que nos diera a los dos de liarnos a cosechar margaritas para ponérnoslas, uno al otro, en la cabeza. A los recién casados parece como si les volviera de repente todo el candor de la infancia.

Cuando entrábamos, con un trotillo acompasado y regular, en la ciudad, por el puente romano, tuvimos la negra sombra de que a la yegua le diera por espantarse — quién sabe si a la vista del río — y a una pobre vieja que por allí pasaba tal manotada le dio que la dejó medio descalabrada y en un tris de irse al Guadiana de cabeza. Yo descabalgué rápido por socorrerla, que no fuera de bien nacidos pasar de largo, pero como la vieja me dio la sensación de que lo único que tenía era mucho resabio, la di un real — porque no dijese — y dos palmaditas en los hombros y me marché a reunirme con la Lola. Ésta se reía y su risa, créame usted, me hizo mucho daño; no sé si sería un presentimiento, algo así como una corazonada de lo que habría de ocurrirle. No está bien reírse de la desgracia del prójimo, se lo dice un hombre que fue muy desgraciado a lo largo de su vida; Dios castiga sin palo y sin piedra y, ya se sabe, quien a hierro mata... Por otra parte, y aunque no fuera por eso, nunca está de más el ser humanitario.

Nos alojamos en la posada del Mirlo, en un cuarto grande que había al entrar, a la derecha, y los dos primeros días, amartelados como andábamos, no hubimos de pisar la calle ni una sola vez. En el cuarto se estaba bien; era amplio, de techos altos, sostenidos por sólidas traviesas de castaño, de limpio pavimento de baldosa, y con un mobiliario cómodo y numeroso que daba verdadero gusto usar. El recuerdo de aquella alcoba me acompañó a lo largo de toda mi vida como un amigo fiel; la cama era la cama más señora que pude ver en mis días, con su cabecera toda de nogal labrado, con sus cuatro colchones de lana lavada... ¡Qué bien se descansaba en ella! ¡Parecía mismamente la cama de un rey! Había también una cómoda, alta y ventruda como una matrona, con sus cuatro hondos cajones con tiradores dorados, y un armario que llegaba hasta el techo, con una amplia luna de espejo del mejor, con dos esbeltos candelabros — de la misma madera — uno a cada lado para alumbrar bien la figura. Hasta el aguamanil — que siempre suele ser lo peor — era vistoso en aquella habitación; sus curvadas y livianas patas de bambú y su aljofaina de loza blanca, que tenía unos pajarillos pintados en el borde, le daban una gracia que lo hacía simpático. En las paredes había un cromo, grande y en cuatro colores, sobre la cama, representando un Cristo en el martirio; una pandereta con un dibujo en colores de la Giralda de Sevilla, con su madroñera encarnada y amarilla; dos pares de castañuelas a ambos lados, y una pintura del Circo Romano, que yo reputé siempre como de mucho mérito, dado el gran parecido que le encontraba. Había también un reló sobre la cómoda, con una pequeña esfera figurando la bola del mundo y sostenida con los hombros por un hombre desnudo, y dos jarrones de Talavera, con sus dibujos en azul, algo viejos ya, pero conservando todavía ese brillar que tan agradables los hace. Las sillas, que eran seis, dos de ellas con brazos, eran altas de respaldo con un mullido peluche colorado por culera (con perdón), recias de patas y tan cómodas que mucho hube de echarlas de menos al volver para la casa, y no digamos ahora al estar aquí metido. ¡Aún me acuerdo de ellas, a pesar de los años pasados!

Mi mujer y yo nos pasábamos las horas disfrutando de la comodidad que se nos brindaba y, como ya le dije, en un principio, para nada salíamos a la calle. ¿Qué nos interesaba a nosotros lo que en ella ocurría si allí dentro teníamos lo que en todo el resto de la ciudad no nos podían ofrecer?

Mala cosa es la desgracia, créame. La felicidad de aquellos dos días llegaba ya a extrañarme por lo completa que parecía.

Al tercer día, el sábado, se conoce que señalados por los familiares de la atropellada, nos fuimos a encontrar de manos a bruces con la pareja. Una turbamulta de chiquillos se agolpó a la puerta al saber que por allí andaba la guardia civil, y nos dio una cencerrada que hubimos de tener un mes entero clavada en los oídos. ¿Qué maligna crueldad despertará en los niños el olor de los presos?; nos miran como bichos raros con los ojos todos encendidos, con una sonrisilla viciosa por la boca, como miran a la oveja que apuñalan en el matadero — esa oveja en cuya sangre caliente mojan las alpargatas —, o al perro que dejó quebrado el carro que pasó — ese perro que tocan con la varita por ver si está vivo todavía —, o a los cinco gatitos recién nacidos que se ahogan en el pilón, esos cinco gatitos a los que apedrean, esos cinco gatitos a los que sacan de vez en cuando por jugar, por prolongarles un poco la vida — ¡tan mal los quieren! —, por evitar que dejen de sufrir demasiado pronto... En un principio me atosigó bastante la llegada de los civiles, y aunque hacía esfuerzos por aparentar serenidad, mucho me temo que mi turbación no permitiera mostrarla. Con la guardia civil venía un mozo de unos veinticinco años, nieto de la vieja, espigado y presumido como a esa edad corresponde, y esa fue mi providencia, porque como con los hombres, ya lo sabe usted, no hay mejor cosa que usar de la palabra y hacer sonar la bolsa, en cuanto le llamé galán y le metí seis pesetas en la mano se marchó más veloz que una centella y más alegre que unas castañuelas, y pidiéndole a Dios — por seguro lo tengo — ver en su vida muchas veces a la abuela entre las patas de los caballos. La guardia civil, quién sabe si por eso de que la parte ofendida tan presto entrara en razón, se atusó los mostachos, carraspeó, me habló del peligro de la espuela pronta pero, lo que es más principal, se marchó sin incordiarme más.

Lola estaba como transida por el temor que le produjera la visita, pero como en realidad no era mujer cobarde, aunque sí asustadiza, se repuso del sofocón no más pasados los primeros momentos, la volvió la color a las mejillas, el brillo a la mirada y la sonrisa a los labios, para quedar en seguida tan guapota y bien plantada como siempre.

En aquel momento — bien me acuerdo — fue cuando la noté por vez primera algo raro en el vientre y un tósigo de verla así me entró en el corazón, que vino — en el mismo medio del apuro — a tranquilizar mi conciencia, que preocupadillo me tenía ya por entonces con eso de no sentirla latir ante la idea del primer hijo. Era muy poco lo que se la notaba, y bien posible hubiera sido que, de no saberlo, jamás me hubiera percatado de ello.

Compramos en Mérida algunas chucherías para la casa, pero como el dinero que llevábamos no era mucho, y además había sido mermado con las seis pesetas que le di al nieto de la atropellada, decidí retornar al pueblo por no parecerme cosa de hombres prudentes el agotar el monedero hasta el último ochavo. Volví a ensillar la yegua, a enjaezarla con la sobremontura y las riendas de feria del señor Vicente y a enrollarme la manta en el arzón, para con ella — y con mi mujer a la grupa como a la ida — volverme para Torremejía. Como mi casa estaba, como usted sabe, en el camino de Almendralejo, y como nosotros de donde veníamos era de Mérida, hubimos de cruzar, para arrimarnos a ella, la línea entera de casas, de forma que todos los vecinos, por ser ya la caída de la tarde, pudieron vernos llegar — tan marciales — y mostrarnos su cariño, que por entonces lo había, con el buen recibir que nos hicieron. Yo me apeé, volteándome por la cabeza para no herir a Lola de una patada, requerido por mis compañeros de soltería y de labranza, y con ellos me fui, casi llevado en volandas, hasta la taberna de Martinete el Gallo, adonde entramos en avalancha y cantando, y en donde el dueño me dio un abrazo contra su vientre, que a poco me marea entre las fuerzas que hizo y el olor a vino blanco que despedía. A Lola la besé en la mejilla y la mandé para casa a saludar a las amigas y a esperarme, y allá se marchó, jineta sobre la hermosa yegua, espigada y orgullosa como una infanta, y bien ajena a que el animal había de ser la causa del primer disgusto.

En la taberna, como había una guitarra, mucho vino y suficiente buen humor, estábamos todos como radiantes y alborozados, dedicados a lo nuestro y tan ajenos al mundo que, entre el cantar y el beber, se nos iban pasando los tiempos como sin sentirlos. Zacarías, el del señor Julián, se arrancó por seguidillas. ¡Daba gusto oírlo con su voz tan suave como la de un jilguero! Cuando él cantaba, los demás — mientras anduvimos serenos — nos callábamos a escuchar como embobados, pero cuando tuvimos más arranque, por el vino y la conversación, nos liamos a cantar en rueda y, aunque nuestras voces no eran demasiado templadas, como llegaron a decirse cosas divertidas, todo se nos era perdonado.

Es una pena que las alegrías de los hombres nunca se sepa dónde nos han de llevar, porque de saberlo no hay duda que algún disgusto que otros nos habríamos de ahorrar; lo digo porque la velada en casa del Gallo acabó como el rosario de la aurora por eso de no sabernos ninguno parar a tiempo. La cosa fue bien sencilla, tan sencilla como siempre resultan ser las cosas que más vienen a complicarnos la vida.

El pez muere por la boca, dicen, y dicen también que quien mucho habla mucho yerra, y que en boca cerrada no entran moscas, y a fe que algo de cierto para mí tengo que debe de haber en todo ello, porque si Zacarías se hubiera estado callado como Dios manda y no se hubiese metido en camisas de once varas, entonces se hubiera ahorrado un disgustillo y ahora el servir para anunciar la lluvia a los vecinos con sus tres cicatrices. El vino no es buen consejero.

Zacarías, en medio de la juerga, y por hacerse el chistoso, nos contó no sé qué sucedido, o discurrido, de un palomo ladrón, que yo me atrevería a haber jurado en el momento — y a seguir jurando aún ahora mismo — que lo había dicho pensando en mí; nunca fui susceptible, bien es verdad, pero cosas tan directas hay — o tan directas uno se las cree — que no hay forma ni de no darse por aludido ni de mantenerse uno en sus casillas y no saltar.

78

Yo le llamé la atención.

— ¡Pues no le veo la gracia, la verdad!

— Pues todos se la han visto, Pascual.

— Así será, no lo niego; pero lo que digo es que no me parece de bien nacidos el hacer reír a los más metiéndose con los menos.

— No te piques, Pascual; ya sabes, el que se pica...

— Y que tampoco me parece de hombres el salir con bromas a los insultos.

— No lo dirás por mí...

— No; lo digo por el gobernador.

— Poco hombre me pareces tú para lo mucho que amenazas.

— Y que cumplo.

— ¿Que cumples?

— ¡Sí!

Yo me puse de pie.

— ¿Quieres que salgamos al campo?

— ¡No hace falta!

— ¡Muy bravo te sientes!

Los amigos se echaron a un lado, que nunca fuera cosa de hombres meterse a evitar las puñaladas.

Yo abrí la navaja con parsimonia; en esos momentos una precipitación, un fallo, puede sernos de unas consecuencias funestas. Se hubiera podido oír el vuelo de una mosca, tal era el silencio.

Me fui hacia él y, antes de darle tiempo a ponerse en facha, le arreé tres navajazos que lo dejé como temblando. Cuando se lo llevaban, camino de la botica de don Raimundo, le iba manando la sangre como de un manantial...

9

Yo tiré para casa acompañado de tres o cuatro de los íntimos, algo fastidiado por lo que acababa de ocurrir.

— También fue mala pata..., a los tres días de casado.

Íbamos callados, con la cabeza gacha, como pesarosos.

— Él se lo buscó; la conciencia bien tranquila la tengo. ¡Si no hubiera hablado!

— No le des más vueltas, Pascual.

— ¡Hombre, es que lo siento, ya ves! ¡Después de que todo pasó!

Era ya la madrugada y los gallos cantores lanzaban a los aires su pregón. El campo olía a jaras y a tomillo.

— ¿Dónde le di?

— En un hombro.

— ¿Muchas?

— Tres.

— ¿Sale?

— ¡Hombre, sí! ¡Yo creo que saldrá!

— Más vale.

Nunca me pareció mi casa tan lejos como aquella noche.

— Hace frío...

— No sé, yo no tengo.

— ¡Será el cuerpo!

— Puede...

Pasábamos por el cementerio.

— ¡Qué mal se debe estar ahí dentro!

— ¡Hombre! ¿Por qué dices eso? ¡Qué pensamientos más raros se te ocurren!

— ¡Ya ves!

El ciprés parecía un fantasma alto y seco, un centinela de los muertos.

— Feo está el ciprés...

— Feo.

En el ciprés una lechuza, un pájaro de mal agüero, dejaba oír su silbo misterioso.

— Mal pájaro ese.

— Malo...

— Y que todas las noches está ahí.

— Todas...

— Parece como si gustase de acompañar a los muertos.

— Parece...

— ¿Qué tienes?

— ¡Nada! ¡No tengo nada! Ya ves, manías...

Miré para Domingo; estaba pálido como un agonizante.

— ¿Estás enfermo?

— No...

— ¿Tienes miedo?

— ¿Miedo yo? ¿De quién he de tener miedo?

— De nadie, hombre, de nadie; era por decir algo.

El señorito Sebastián intervino:

— Venga, callaros; a ver si ahora la vais a emprender vosotros.

— No...

— ¿Falta mucho, Pascual?

— Poco; ¿por qué?

— Por nada…

La casa parecía como si la cogieran con una mano misteriosa y se la fuesen llevando cada vez más lejos.

— ¿Nos pasaremos?

— ¡Hombre, no! Alguna luz ya habrá encendida.

Volvimos a callarnos. Ya poco podía faltar.

— ¿Es aquello?

— Sí.

— ¿Y por qué no lo decías?

— ¿Para qué? ¿No lo sabías?

A mí me extrañó el silencio que había en mi casa. Las mujeres estarían aún allí según la costumbre, y las mujeres ya sabe usted lo mucho que alzan la voz para hablar.

— Parece que duermen.

— ¡No creo! ¡Ahí tienen una luz!

Nos acercamos a la casa; efectivamente, había una luz.

La señora Engracia estaba a la puerta; hablaba con la s, como la lechuza del ciprés; a lo mejor tenía hasta la misma cara.

— ¿Y usted por aquí?

— Pues ya ves, hijo, esperándote estaba.

— ¿Esperándome?

— Sí.

El misterio que usaba conmigo la señora Engracia no me podía agradar.

— ¡Déjeme pasar!

— ¡No pases!

— ¿Por qué?

— ¡Porque no!

82

— ¡Esta es mi casa!

— Ya lo sé, hijo; por muchos años... Pero no puedes pasar.

— ¿Pero por qué no puedo pasar?

— Porque no puede ser, hijo. ¡Tu mujer está mala!

— ¿Mala?

— Sí.

— ¿Qué le pasa?

— Nada; que abortó.

— Sí; la descabalgó la yegua...

La rabia que llevaba dentro no me dejó ver claro; tan obcecado estaba que ni me percaté de lo que oía.

— ¿Dónde está la yegua?

— En la cuadra.

La puerta de la cuadra que daba al corral era baja de quicio. Me agaché para entrar; no se veía nada.

— ¡To, yegua!

La yegua se arrimó contra el pesebre; yo abrí la navaja con cuidado; en esos momentos, el poner un pie en falso puede sernos de unas consecuencias funestas.

— ¡To, yegua!

Volvió a cantar el gallo en la mañana.

— ¡To, yegua!

La yegua se movía hacia el rincón. Me arrimé; llegué hasta poder darle una palmada en las ancas. El animal estaba despierto, como impaciente.

— ¡To, yegua!

Fue cosa de un momento. Me eché sobre ella y la clavé; la clavé lo menos veinte veces...

Tenía la piel dura; mucho más dura que la de Zacarías... Cuando de allí salí saqué el brazo dolido; la sangre me llegaba hasta el codo. El animalito no dijo ni pío; se limitaba a respirar más hondo y más de prisa, como cuando la echaban al macho.

10

Por seguro se lo digo que — aunque después, al enfriarme, pensara lo contrario — en aquel momento no otra cosa me pasó por el magín que la idea de que el aborto de Lola pudiera habérsele ocurrido tenerlo de soltera. ¡Cuánta bilis y cuánto resquemor y veneno me hubiera ahorrado!

A consecuencia de aquel desgraciado accidente me quedé como anonadado y hundido en las más negras imaginaciones y hasta que reaccioné hubieron de pasar no menos de doce largos meses en los cuales, como evadido del espíritu, andaba por el pueblo. Al año, o poco menos, de haberse malogrado lo que hubiera de venir, quedó Lola de nuevo encinta y pude ver con alegría que idénticas ansias y los mismos desasosiegos que la vez primera me acometían: el tiempo pasaba demasiado despacio para lo de prisa que quisiera yo verlo pasar, y un humor endiablado me acompañaba como una sombra dondequiera que fuese.

Me torné huraño y montaraz, aprensivo y hosco, y como ni mi mujer ni mi madre entendieran gran cosa de caracteres, estábamos todos en un constante vilo por ver dónde saltaba la bronca. Era una tensión que nos destrozaba, pero que parecía como si la cultivásemos gozosos; todo nos parecía alusivo, todo malintencionado, todo de segunda intención. ¡Fueron unos meses de un agobio como no puede usted ni figurarse!

La idea de que mi mujer pudiera volver a abortar era algo que me sacaba de quicio; los amigos me notaban extraño, y la Chispa — que por entonces viva andaba aún — parecía que me miraba menos cariñosa.

Yo la hablaba, como siempre.

— ¿Qué tienes?

Y ella me miraba como suplicante, moviendo el rabillo muy de prisa, casi gimiendo y poniéndome unos ojos que destrozaban el corazón. A ella también se le habían ahogado las crías en el vientre. En su inocencia, ¡quién sabe si no conocería la mucha pena que su desgracia me produjera! Eran tres los perrillos que vivos no llegaron a nacer; los tres igualitos, los tres pegajosos como la almíbar, los tres grises y medio sarnosos como ratas. Abrió un hoyo entre los cantuesos y allí los metió. Cuando al salir al monte detrás de los conejos parábamos un rato por templar el aliento, ella, con ese aire doliente de las hembras sin hijos, se acercaba hasta el hoyo por olerlo.

Cuando, entrado ya el octavo mes, la cosa marchaba como sobre carriles; cuando, gracias a los consejos de la señora Engracia, el embarazo de mi mujer iba camino de convertirse en un modelo de embarazo y cuando, por el mucho tiempo pasado y por el poco que faltaba ya por pasar, todo podía hacer suponer que lo prudente sería alejar el cuidado, tales ansias me entraban, y tales prisas, que por seguro tuve desde entonces el no loquear en la vida si de aquel berenjenal salía con razón.

Hacia los días señalados por la señora Engracia, y como si la Lola fuera un reló, de precisa como andaba, vino al mundo, y con una sencillez y una felicidad que a mí ya me tenían extrañado, mi nuevo hijo,

mejor dicho, mi primer hijo, a quien en la pila del
bautismo pusimos por nombre Pascual, como su padre, un servidor. Yo hubiera querido ponerle Eduar-
do, por haber nacido en el día del santo y ser la
costumbre de la tierra; pero mi mujer, que por entonces andaba cariñosa como nunca, insistió en ponerle
el nombre que yo llevaba, cosa para la que poco tiempo gastó en convencerme, dada la mucha ilusión que
me hacía. Mentira me parece, pero por bien cierto le
aseguro que lo tengo, el que por entonces la misma
ilusión que a un muchacho con botas nuevas me hicieron los accesos de cariño de mi mujer; se los agradecía de todo corazón, se lo juro.

Ella, como era de natural recio y vigoroso, a los
dos días del parto estaba tan nueva como si nada
hubiera pasado. La figura que formaba, toda desmele-
nada dándole de mamar a la criatura, fue una de las
cosas que más me impresionaron en la vida; aquello
sólo me compensaba con creces los muchos cientos
de malos ratos pasados.

Yo me pasaba largas horas sentado a los pies de
la cama. Lola me decía, muy bajo, como ruborizada:

— Ya te he dado uno...
— Sí.
— Y bien hermoso...
— Gracias a Dios.
— Ahora hay que tener cuidado con él.
— Sí, ahora es cuando hay que tener cuidado.
— De los cerdos...

El recuerdo de mi pobre hermano Mario me asal-
taba; si yo tuviera un hijo con la desgracia de Mario,
lo ahogaría para privarle de sufrir.

— Sí; de los cerdos...

— Y de las fiebres también.

— Sí.

— Y de las insolaciones...

— Sí; también de las insolaciones...

El pensar que aquel tierno pedazo de carne que era mi hijo, a tales peligros había de estar sujeto, me ponía las carnes de gallina.

— Le pondremos vacuna.

— Cuando sea mayorcito...

— Y lo llevaremos siempre calzado, porque no se corte los pies.

— Y cuando tenga siete añitos lo mandaremos a la escuela...

— Y yo le enseñaré a cazar...

Lola se reía, ¡era feliz! Yo también me sentía feliz, ¿por qué no decirlo?, viéndola a ella, hermosa como pocas, con un hijo en el brazo como una Santa María.

— ¡Haremos de él un hombre de provecho!

¡Qué ajenos estábamos los dos a que Dios — que todo lo dispone para la buena marcha de los universos — nos lo había de quitar! Nuestra ilusión, todo nuestro bien, nuestra fortuna entera, que era nuestro hijo, habíamos de acabar perdiéndolo aun antes de poder probar a encarrilarlo. ¡Misterios de los afectos, que se nos van cuando más falta nos hacen!

Sin encontrar una causa que lo justificase, aquel gozar en la contemplación del niño me daba muy mala espina. Siempre tuve muy buen ojo para la desgracia — no sé si para mi bien o si para mi mal — y aquel presentimiento, como todos, fue a confirmarse al rodar de los meses como para seguir redondeando mi desdicha, esa desdicha que nunca parecía acabar de redondearse.

Mi mujer seguía hablándome del hijo.

— Bien se nos cría..., parece un rollito de manteca.

Y aquel hablar y más hablar de la criatura hacía que poco a poco se me fuera volviendo odiosa; nos iba a abandonar, a dejar hundidos en la desesperanza más ruin, a deshabitarnos como esos cortijos arruinados de los que se apoderan las zarzas y las ortigas, los sapos y los lagartos, y yo lo sabía, estaba seguro de ello, sugestionado de su fatalidad, cierto de que más tarde o más temprano tenía que suceder, y esa certeza de no poder oponerme a lo que el instinto me decía, me ponía los genios en una tensión que me los forzaba.

Yo algunas veces me quedaba mirando como un inocente para Pascualillo, y los ojos a los pocos minutos se me ponían arrasados por las lágrimas; le hablaba.

— Pascual, hijo...

Y él me miraba con sus redondos ojos y me sonreía.

Mi mujer volvía a intervenir.

— Pascual, bien se nos cría el niño.

— Bien, Lola. ¡Ojalá siga así!

— ¿Por qué lo dices?

— Ya ves. ¡Las criaturas son tan delicadas!

— ¡Hombre, no seas mal pensado!

— No; mal pensado, no... ¡Hemos de tener mucho cuidado!

— Mucho.

— Y evitar que se nos resfríe.

— Sí… ¡Podría ser su muerte!

— Los niños mueren de resfriado…

— ¡Algún mal aire!

La conversación iba muriendo poco a poco, como los pájaros o como las flores, con la misma dulzura y lentitud con las que, poco a poco también, mueren los niños, los niños atravesados por algún mal aire traidor…

— Estoy como espantada, Pascual.

— ¿De qué?

— ¡Mira que si se nos va!

— ¡Mujer!

— ¡Son tan tiernas las criaturas a esta edad!

— Nuestro hijo bien hermoso está, con sus carnes rosadas y su risa siempre en la boca.

— Cierto es, Pascual. ¡Soy tonta!

Y se reía, toda nerviosa, abrazando al hijo contra su pecho.

— ¡Oye!

— ¡Qué!

— ¿De qué murió el hijo de la Carmen?

— ¿Y a ti que más te da?

— ¡Hombre! Por saber…

— Dicen que murió de moquillo.

— ¿Por algún mal aire?

— Parece.

— ¡Pobre Carmen, con lo contenta que andaba con el hijo! La misma carita de cielo del padre — decía —, ¿te acuerdas?

— Sí, me acuerdo.

— Contra más ilusión se hace una, parece como si más apuro hubiese por hacérnoslo perder...

— Sí.

— Debería saberse cuánto había de durarnos cada hijo, que lo llevasen escrito en la frente...

— ¡Calla!

— ¿Por qué?

— ¡No puedo oírte!

Un golpe de azada en la cabeza no me hubiera dejado en aquel momento más aplanado que las palabras de Lola.

— ¿Has oído?

— ¡Qué!

— La ventana.

— ¿La ventana?

— Sí; chirría como si quisiera atravesarla algún aire...

El chirriar de la ventana, mecida por el aire, se fue a confundir con una queja.

— ¿Duerme el niño?

— Sí.

— Parece como que sueña.

— No lo oigo.

— Y que se lamenta como si tuviera algún mal...

— ¡Aprensiones!

— ¡Dios te oiga! Me dejaría sacar los ojos...

En la alcoba, el quejido del niño semejaba el llanto de las encinas pasadas por el viento.

— ¡Se queja!

Lola se fue a ver qué le pasaba; yo me quedé en la cocina fumando un pitillo, ese pitillo que siempre me cogen fumando los momentos de apuro.

·　·　·　·　·　·　·　·　·　·

　Pocos días duró. Cuando lo devolvimos a la tierra, once meses tenía; once meses de vida y de cuidados a los que algún mal aire traidor echó por el suelo...

11

Quién sabe si no sería Dios que me castigaba por lo mucho que había pecado y por lo mucho que había de pecar todavía! ¡Quién sabe si no sería que estaba escrito en la divina memoria que la desgracia había de ser mi único camino, la única senda por la que mis tristes días habían de discurrir!

A la desgracia no se acostumbra uno, créame, porque siempre nos hacemos la ilusión de que la que estamos soportando la última ha de ser, aunque después, al pasar de los tiempos, nos vayamos empezando a convencer — ¡y con cuánta tristeza! — que lo peor aún está por pasar...

Se me ocurren estos pensamientos porque si cuando el aborto de Lola y las cuchilladas de Zacarías creí desfallecer de la nostalgia, no por otra cosa era — ¡bien es cierto! — sino porque aún no sospechaba en lo que había de parar.

Tres mujeres hubieron de rodearme cuando Pascualillo nos abandonó; tres mujeres a las que por algún vínculo estaba unido, aunque a veces me encontrase tan extraño a ellas como al primer desconocido que pasase, tan desligado de ellas como del resto del mundo, y de esas tres mujeres, ninguna, créame usted, ninguna, supo con su cariño o con sus modales hacerme más llevadera la pena de la muerte del hijo; al contrario, parecía como si se hubiesen puesto de acuerdo para amargarme la vida. Esas tres mujeres eran mi mujer, mi madre y mi hermana.

¡Quién lo hubiera de decir, con las esperanzas que en su compañía llegué a tener puestas!

Las mujeres son como los grajos, de ingratas y malignas.

Siempre estaban diciendo:

— ¡El angelito que un mal aire se llevó!

— ¡Para los limbos por librarlo de nosotros!

— ¡La criatura que era mismamente un sol!

— ¡Y la agonía!

— ¡Que ahogadito en los brazos lo hube de tener!

Parecía una letanía, agobiadora y lenta como las noche de vino, despaciosa y cargante como las andaduras de los asnos.

Y así un día, y otro día, y una semana, y otra... ¡Aquello era horrible, era un castigo de los cielos, a buen seguro, una maldición de Dios!

Y yo me contenía.

«Es el cariño — pensaba — que las hace ser crueles sin querer.»

Y trataba de no oír, de no hacer caso, de verlas accionar sin tenerlas más en cuenta que si fueran fantoches, de no poner cuidado en sus palabras... Dejaba que la pena muriese con el tiempo, como las rosas cortadas, guardando mi silencio como una joya por intentar sufrir lo menos que pudiera. ¡Vanas ilusiones que no habían de servirme para otra cosa que para hacerme extrañar más cada día la dicha de los que nacen para la senda fácil, y cómo Dios permitía que tomarais cuerpo en mi imaginación!

Temía la puesta del sol como al fuego o como a la rabia; el encender el candil de la cocina, a eso de las siete de la tarde, era lo que más me dolía hacer en toda la jornada. Todas las sombras me recordaban al hijo muerto, todas las subidas y bajadas de la llama, todos los ruidos de la noche, esos ruidos de la noche que casi no se oyen, pero que suenan en nuestros oídos como los golpes del hierro contra el yunque.

Allí estaban, enlutadas como cuervos, las tres mujeres, calladas como muertos, hurañas, serias como carabineros. Algunas veces yo les hablaba por tratar de romper el hielo.

—Duro está el tiempo.

—Sí...

Y volvíamos todos al silencio.

Yo insistía.

—Parece que el señor Gregorio ya no vende la mula. ¡Para algo la necesitará!

—Sí...

—¿Habéis estado en el río?

—No...

—¿Y en el cementerio?

—Tampoco...

No había manera de sacarlas de ahí. La paciencia que con ellas usaba, ni la había usado jamás, ni jamás volviera a usarla con nadie. Hacía como si no me diese cuenta de lo raras que estaban, para no precipitar el escándalo que sin embargo había de venir, fatal como las enfermedades y los incendios, como los amaneceres y como la muerte, porque nadie era capaz de impedirlo.

Las más grandes tragedias de los hombres parecen llegar como sin pensarlas, con su paso de lobo cauteloso, a asestarnos su aguijonazo repentino y taimado como el de los alacranes.

Las podría pintar como si ante mis ojos todavía estuvieran, con su sonrisa amarga y.ruin de hembras enfriadas, con su mirar perdido muchas leguas a través de los muros. Pasaban cruelmente los instantes; las palabras sonaban a voz de aparecido...

— Ya es la noche cerrada.

— Ya lo vemos...

La lechuza estaría sobre el ciprés.

— Fue como ésta, la noche...

— Sí.

— Era ya algo más tarde...

— Sí.

— El mal aire traidor andaba aún por el campo...

. . . .

— Perdido en los olivos...

— Sí.

El silencio con su larga campana volvió a llenar el cuarto.

— ¿Dónde andará aquel aire?

. . . .

— ¡Aquel mal aire traidor!

Lola tardó algún tiempo en contestar.

— No sé...

— ¡Habrá llegado al mar!

— Atravesando criaturas...

Una leona atacada no tuviera aquel gesto que puso mi mujer.

— ¡Para que una se raje como una granada! ¡Parir para que el aire se lleve lo parido, mal castigo te espere!

— ¡Si la vena de agua que mana gota a gota sobre el charco pudiera haber ahogado aquel mal aire!

.   .   .   .

12

¡Estoy hasta los huesos de tu cuerpo!

.   .   .   .

— ¡De tu carne de hombre que no aguanta los tiempos!

.   .   .   .

— ¡Ni aguanta el sol de estío!

.   .   .   .

— ¡Ni los fríos de diciembre!

.   .   .   .

— ¡Para esto crié yo mis pechos, duros como el pedernal!

.   .   .   .

— ¡Para esto crié yo mi boca, fresca como la pavía!

.   .   .   .

— ¡Para esto te di yo dos hijos, que ni el andar de la caballería ni el mal aire en la noche supieron aguantar!

.   .   .   .

Estaba como loca, como poseída por todos los demonios, alborotada y fiera como un gato montés... Yo aguantaba callado la gran verdad.

— ¡Eres como tu hermano!

…la puñalada a traición que mi mujer gozaba en asestarme…

.   .   .   .

Para nada nos vale el apretar el paso al vernos sorprendidos en el medio de la llanura por la tormenta. Nos mojamos lo mismo y nos fatigamos mucho más. Las centellas nos azaran, el ruido de los truenos nos destempla y nuestra sangre, como incomodada, nos golpea las sienes y la garganta.

— ¡Ay, si tu padre Esteban viera tu poco arranque!

.   .   .   .

— ¡Tu sangre que se vierte en la tierra al tocarla!

.   .   .   .

— ¡Esa mujer que tienes!

.   .   .   .

¿Había de seguir? Muchas veces brilló el sol para todos; pero su luz, que ciega a los albinos, no les llega a los negros para pestañear.

— ¡No siga!

Mi madre no podía reprochar mi dolor, el dolor que en mi pecho dejara el hijo muerto, la criatura que en sus once meses fue talmente un lucero.

Se lo dije bien claro; todo lo claro que se puede hablar.

— El fuego ha de quemarnos a los dos, madre.

—¿Qué fuego?

—Ese fuego con el que usted está jugando…

Mi madre puso un gesto como extraño.

—¿Qué es lo que quieres ver?

—Que tenemos los hombres un corazón muy recio.

—Que para nada os sirve…

—¡Nos sirve para todo!

No entendía; mi madre no entendía. Me miraba, me hablaba… ¡Ay, si no me mirara!

—¿Ves los lobos que tiran por el monte, el gavilán que vuela hasta las nubes, la víbora que espera entre las piedras?

.   .   .   .

—¡Pues peor que todos juntos es el hombre!

—¿Por qué me dices esto?

—¡Por nada!

Pensé decirle:

—¡Porque os he de matar!

Pero la voz se me trabó en la lengua.

.   .   .   .

.   .   .   .

Y me quedé yo solo con la hermana, la desgraciada, la deshonrada, aquella que manchaba el mirar de las mujeres decentes.

—¿Has oído?

—Sí.

—¡Nunca lo hubiera creído!

—Ni yo…

—Nunca había pensado que era un hombre maldito.

— No lo eres...

El aire se alzó sobre el monte, aquel mal aire traidor que anduvo en los olivos, que llegará hasta el mar atravesando criaturas... Chirriaba en la ventana con su quejido.

La Rosario estaba como llorosa.

— ¿Por qué dices que eres un hombre maldito?

— No soy yo quien lo dice.

.   .   .   .

— Son esas dos mujeres...

La llama del candil subía y bajaba como la respiración; en la cocina olía a acetileno, que tiene un olor acre y agradable que se hunde hasta los nervios, que nos excita las carnes, estas pobres y condenadas carnes mías a las que tanta falta hacía por aquella fecha alguna excitación.

Mi hermana estaba pálida; la vida que llevaba dejaba su señal cruel por las ojeras. Yo la quería con ternura, con la misma ternura con la que ella me quería a mí.

— Rosario, hermana mía...

— Pascual...

— Triste es el tiempo que a los dos nos aguarda.

— Todo se arreglará...

— ¡Dios lo haga!

Mi madre volvía a intervenir.

— Mal arreglo le veo.

Y mi mujer, ruin como las culebras, sonreía su maldad.

— ¡Bien triste es esperar que sea Dios quien lo arregle!

Dios está en lo más alto y es como un águila con su mirar; no se le escapa detalle.

— ¡Y si Dios lo arreglase!

— No nos querrá tan bien...

.   .   .   .

.   .   .   .

Se mata sin pensar, bien probado lo tengo; a veces, sin querer. Se odia, se odia intensamente, ferozmente, y se abre la navaja, y con ella bien abierta se llega, descalzo, hasta la cama donde duerme el enemigo. Es de noche, pero por la ventana entra el claror de la luna; se ve bien. Sobre la cama está echado el muerto, el que va a ser el muerto. Uno lo mira, lo oye respirar; no se mueve, está quieto como si nada fuera a pasar. Como la alcoba es vieja, los muebles nos asustan con su crujir que puede despertarlo, que a lo mejor había de precipitar las puñaladas. El enemigo levanta un poco el embozo y se da la vuelta: sigue dormido. Su cuerpo abulta mucho; la ropa engaña. Uno se acerca cautelosamente; lo toca con la mano con cuidado. Está dormido, bien dormido; ni se había de enterar...

Pero no se puede matar así; es de asesinos. Y uno piensa volver sobre sus pasos, desandar lo ya andado... No; no es posible. Todo está muy pensado; es un instante, un corto instante y después...

Pero tampoco es posible volverse atrás. El día llegará y en el día no podríamos aguantar su mirada, esa mirada que en nosotros se clavará aún sin creerlo.

Habrá que huir; que huir lejos del pueblo, donde nadie nos conozca, donde podamos empezar a odiar con odios nuevos. El odio tarda años en incubar; uno ya no es un niño y cuando el odio crezca y nos ahogue los pulsos, nuestra vida se irá. El corazón no albergará más hiel y ya estos brazos, sin fuerza, caerán...

13

Cerca de un mes entero he estado sin escribir; tumbado boca arriba sobre el jergón; viendo pasar las horas, esas horas que a veces parecen tener alas y a veces se nos figuran como paralíticas; dejando volar libre la imaginación, lo único que libre en mí puede volar; contemplando los desconchados del techo; buscándoles parecidos, y en este largo mes he gozado — a mi manera — de la vida como no había gozado en todos los años anteriores: a pesar de todos los pesares y preocupaciones.

Cuando la paz invade las almas pecadoras es como cuando el agua cae sobre los barbechos, que fecunda lo seco y hace fructificar al erial. Lo digo porque, si bien más tiempo, mucho más tiempo del debido tardé en averiguar que la tranquilidad es como una bendición de los cielos, como la más preciada bendición que a los pobres y a los sobresaltados nos es dado esperar, ahora que ya lo sé, ahora que la tranquilidad con su amor ya me acompaña, disfruto de ella con un frenesí y un regocijo que mucho me temo que, por poco que me reste de respirar — ¡y bien poco me resta! —, la agote antes de tiempo. Es probable que si la paz a mí me hubiera llegado algunos años antes, a estas alturas fuera, cuando menos, cartujo, porque tal luz vi en ella y tal bienestar, que dudo mucho que entonces no hubiera sido fascinado como ahora lo soy. Pero no quiso Dios que esto ocurriera y hoy me encuentro encerrado y con una condena sobre la cabeza que no sé qué sería mejor, si que cayera de una buena vez o que siguiera alargando esta agonía, a la que sin embargo me aferro con más cariño, si aún cupiese, que el que para aferrarme emplearía de ser suave mi vivir. Usted sabe muy bien lo que quiero decir.

En este largo mes que dediqué a pensar, todo pasó por mí: la pena y la alegría, el gozo y la tristeza, la fe y la desazón y la desesperanza… ¡Dios, y en qué flacas carnes fuiste a experimentar! Temblaba como si tuviera fiebre cuando un estado del alma se marchaba porque viniese el otro, y a mis ojos acudían las lágrimas como temerosas. Son muchos treinta días seguidos dedicado a pensar en una sola cosa, dedicado a criar los más profundos remordimientos, solamente preocupado por la idea de que todo lo malo pasado ha de conducirnos al infierno… Envidio al ermitaño con la bondad en la cara, al pájaro del cielo, al pez del agua, incluso a la alimaña de entre los matorrales, porque tienen tranquila la memoria. ¡Mala cosa es el tiempo pasado en el pecado!

Ayer me confesé; fui yo quien di el aviso al sacerdote. Vino un curita viejo y barbilampiño, el padre Santiago Lurueña, bondadoso y acongojado, caritativo y raído como una hormiga.

Es el capellán, el que dice la misa los domingos, esa misa que oyen un centenar de asesinos, media docena de guardias y dos pares de monjas.

Cuando entró lo recibí de pie.

— Buenas tardes, padre.

— Hola, hijo; me dicen que me llamas.

— Sí, señor; yo lo llamo.

Él se acercó hasta mí y me besó en la frente. Hacía muchos años que nadie me besaba.

— ¿Es para confesarte?

— Sí, señor.

— Hijo, ¡me das una alegría!

— Yo estoy también contento, padre.

— Dios todo lo perdona; Dios es muy bondadoso…

— Sí, padre.

— Y es dichoso de ver retornar a la oveja descarriada.

— Sí, padre.

— Al hijo pródigo que vuelve a la casa paterna.

Me tenía la mano cogida con cariño, apoyada sobre la sotana, y me miraba a los ojos como queriendo que le entendiera mejor.

— La fe es como la luz que guía nuestras almas a través de las tinieblas de la vida.

— Sí…

— Como un bálsamo milagroso para las almas dolidas…

Don Santiago estaba emocionado; su voz temblaba como la de un niño azarado. Me miró sonriente, con su sonrisa suave que parecía la de un santo.

— ¿Tú sabes lo que es la confesión?

Me acobardaba el contestar. Tuve que decir, con un hilo de voz:

— No mucho.

— No te preocupes, hijo; nadie nace sabiendo.

Don Santiago me explicó algunas cosas que no entendí del todo; sin embargo, debían ser verdad porque a verdad sonaban. Estuvimos hablando mucho tiempo, casi toda la tarde; cuando acabamos de conversar ya el sol se había traspuesto más allá del horizonte.

— Prepárate a recibir el perdón, hijo mío, el perdón que te doy en nombre de Dios nuestro Señor... Reza conmigo el Señor mío Jesucristo...

Cuando don Santiago me dio la bendición, tuve que hacer un esfuerzo extraordinario para recibirla sin albergar pensamientos siniestros en la cabeza; la recibí lo mejor que pude, se lo aseguro. Pasé mucha vergüenza, muchísima, pero nunca fuera tanta como la que creí pasar.

No pude pegar ojo en toda la noche y hoy estoy fatigado y abatido como si me hubieran dado una paliza; sin embargo, como ya tengo aquí el montón de cuartillas que pedí al director, y como del aplanamiento en que me hundo no de otra manera me es posible salir si no es emborronando papel y más papel, voy a ver de empezar de nuevo, de coger otra vez el hilo del relato y de dar un empujón a estas memorias para ponerlas en el camino del fin. Veremos si me encuentro con fuerzas suficientes, que buena falta me harán. Cuando pienso en que de precipitarse un poco más los acontecimientos, mi narración se expone a quedarse a la mitad y como mutilada, me entran unos apuros y unas prisas que me veo y me deseo para dominarlos porque pienso que si escribiendo, como escribo, poco a poco y con los cinco sentidos puestos en lo que hago, no del todo claro me ha de salir el cuento, si éste lo fuera a soltar como en chorro, tan desmañado y deslavazado habría de quedar que ni su mismo padre — que soy yo — por hijo lo tendría. Estas cosas en las que tanta parte tiene la memoria hay que cuidarlas con el mayor cariño porque de trastocar los acontecimientos no otro arreglo tendría el asunto sino romper los papeles para reanudar la escritura, solución de la que escapo como del peligro por eso de que nunca segundas partes fueran buenas. Quizás encuentre usted presumido este afán mío de que las cosas secundarias me salgan bien cuando las principales tan mal andan, y quizás piense usted con la sonrisa en la boca que es mucha pretensión por parte mía tratar de no apurarme, porque salga mejor, en esto que cualquier persona instruida haría con tanta naturalidad y como a la pata la llana, pero si tiene en cuenta que el esfuerzo que para mí supone llevar escribiendo casi sin parar desde hace cuatro meses, a nada que haya hecho en mi vida es comparable, es posible que encuentre una disculpa para mi razonar.

Las cosas nunca son como a primera vista las figuramos, y así ocurre que cuando empezamos a verlas de cerca, cuando empezamos a trabajar sobre ellas, nos presentan tan raros y hasta tan desconocidos aspectos, que de la primera idea no nos dejan a veces ni el recuerdo; tal pasa con las caras que nos imaginamos, con los pueblos que vamos a conocer, que nos los hacemos de tal o de cual forma en la cabeza, para olvidarnos repentinamente ante la vista de lo verdadero. Esto es lo que me ocurrió con este papeleo, que si al principio creí que en ocho días lo despacharía, hoy — al cabo de ciento veinte — me sonrío no más que de pensar en mi inocencia.

No creo que sea pecado contar barbaridades de

las que uno está arrepentido. Don Santiago me dijo que lo hiciese si me traía consuelo, y como me lo trae, y don Santiago es de esperar que sepa por dónde anda en materia de mandamientos, no veo que haya de ofenderse Dios porque con ello siga. Hay ocasiones en las que me duele contar punto por punto los detalles, grandes o pequeños, de mi triste vivir, pero, y como para compensar, momentos hay también en que con ello gozo con el más honesto de los gozares, quizá por eso de que al contarlo tan alejado me encuentre de todo lo pasado como si lo contase de oídas y de algún desconocido. ¡Buena diferencia va entre lo pasado y lo que yo procuraría que pasara si pudiese volver a comenzar!; pero hay que conformarse con lo inevitable, con lo que no tiene arreglo posible; a lo hecho pecho, y tratar de evitar que continúe, que bien lo evito aunque ayudado — es cierto — por el encierro. No quiero exagerar la nota de mi mansedumbre en esta última hora de mi vida, porque en su boca se me imagina oír un a la vejez viruelas, que más vale que no sea pronunciado, pero quiero, sin embargo, dejar las cosas en su último punto y asegurarle que ejemplo de familias sería mi vivir si hubiera discurrido todo él por las serenas sendas de hoy.

Voy a continuar. Un mes sin escribir es mucha calma para el que tiene contados los latidos, y demasiada tranquilidad para quien la costumbre forzó a ser intranquilo.

14

No perdí el tiempo en preparar la huida; asuntos hay que no admiten la espera, y éste uno de ellos es. Volqué el arca en la bolsa, la despensa en la alforja y el lastre de los malos pensamientos en el fondo del pozo y, aprovechándome de la noche como un ladrón, cogí el portante, enfilé la carretera y comencé a caminar — sin saber demasiado a dónde ir — campo adelante y tan seguido que, cuando amaneció y el cansancio que notaba en los huesos ya era mucho, quedaba el pueblo, cuando menos, tres leguas a mis espaldas. Como no quería frenarme, porque por aquellas tierras alguien podría reconocerme todavía, descabecé un corto sueñecito en un olivar que había a la vera del camino, comí un bocado de las reservas, y seguí adelante con ánimo de tomar el tren tan pronto como me lo topase. La gente me miraba con extrañeza, quizá por el aspecto de trotamundos que llevaba, y los niños me seguían curiosos al cruzar los poblados como siguen a los húngaros o a los descalabrados; sus miradas inquietas y su porte infantil, lejos de molestarme, me acompañaban, y si no fuera porque temía por entonces a las mujeres como al cólera morbo, hasta me hubiera atrevido a regalarles con alguna cosilla de las que para mí llevaba.

Al tren lo fui a alcanzar en Don Benito, donde pedí un billete para Madrid, con ánimo no de quedarme en la corte sino de continuar a cualquier punto desde el que intentaría saltar a las Américas; el viaje me resultó agradable porque el vagón en que iba no estaba mal acondicionado y porque era para mí mucha novedad el ver pasar el campo como en una sábana de la que alguna mano invisible estuviera tirando, y cuando por bajarse todo el mundo averigüé que habíamos llegado a Madrid, tan lejos de la capital me imaginaba que el corazón me dio un vuelco en el pecho; ese vuelco en el pecho que el corazón siempre da cuando encontramos lo cierto, lo que ya no tiene remedio, demasiado cercano para tan alejado como nos lo habíamos imaginado.

Como bien percatado estaba de la mucha picaresca que en Madrid había, y como llegamos de noche, hora bien a propósito para que los truhanes y rateros hicieran presa en mí, pensé que la mayor prudencia había de ser esperar a la amanecida para buscarme alojamiento y aguantar mientras tanto dormitando en algún banco de los muchos que por la estación había. Así lo hice; me busqué uno del extremo, algo apartado del mayor bullicio, me instalé lo más cómodo que pude y, sin más protección que la del ángel de mi guarda, me quedé más dormido que una piedra aunque al echarme pensara en imitar el sueño de la perdiz, con un ojo en la vela mientras descansa el otro. Dormí profundamente, casi hasta el nuevo día, y cuando desperté tal frío me había cogido los huesos y tal humedad sentía en el cuerpo que pensé que lo mejor sería no parar ni un solo momento más; salí de la estación y me acerqué hasta un grupo de obreros que alrededor de una hoguera estaban reunidos, donde fui bien recibido y en donde pude echar el frío de los cueros al calor de la lumbre. La conversación, que al principio parecía como moribunda, pronto reavivó y como aquella me parecía buena gente y lo que yo necesitaba en Madrid eran amigos, mandé a un golfillo que por allí andaba por un litro de vino, litro del que no caté ni gota, ni cataron conmigo los que conmigo estaban porque la criatura, que debía saber más que Lepe, cogió los cuartos y no le volvimos a ver el pelo. Como mi idea era obsequiarlos y como, a pesar de que se reían de la faena del muchacho, a mí mucho me interesaba hacer amistad con ellos, esperé a que amaneneciera y, tan pronto como ocurrió, me acerqué con ellos hasta un cafetín donde pagué a cada uno un café con leche que sirvió para atraérmelos del todo de agradecidos como quedaron. Les hablé de alojamiento y uno de ellos — Ángel Estévez, de nombre — se ofreció a albergarme en su casa y a darme de comer dos veces al día, todo por diez reales, precio que de momento no hubo de parecerme caro si no fuera que me salió, todos los días que en Madrid y en su casa estuve, incrementado con otros diez diarios por lo menos, que el Estévez me ganaba por las noches con el juego de las siete y media, al que tanto él como su mujer eran muy aficionados.

En Madrid no estuve muchos días, no llegaron a quince, y el tiempo que en él paré lo dediqué a divertirme lo más barato que podía y a comprar algunas cosillas que necesitaba y que encontré a buen precio en la calle de Postas y en la plaza Mayor; por las tardes, a eso de la caída del sol, me iba a gastar una peseta en un café cantante que había en la calle de la Aduana — el Edén Concert se llamaba — y ya en él me quedaba, viendo las artistas, hasta la hora de la cena, en que tiraba para la buhardilla del Estévez, en la calle de la Ternera. Cuando llegaba, ya allí me lo encontraba por regla general; la mujer sacaba el cocido, nos lo comíamos, y después nos liábamos a la baraja acompañados de dos vecinos que subían todas las noches, alrededor de la camilla, con los pies bien metidos en las brasas, hasta la madrugada. A mí aquella vida me resultaba entretenida y si no fuera porque me había hecho el firme propósito de no volver al pueblo, en Madrid me hubiera quedado hasta agotar el último céntimo.

La casa de mi huésped parecía un palomar, subida como estaba en un tejado, pero como no la abrían ni por hacer un favor y el braserillo lo tenían encendido día y noche, no se estaba mal, sentado a su alrededor con los pies debajo de las faldas de la mesa. La habitación que a mí me destinaron tenía inclinado el cielo raso por la parte donde colocaron el jergón y en más de una ocasión, hasta que me acostumbré, hube de darme con la cabeza en una traviesa que salía y que yo nunca me percataba de que allí estaba. Después, y cuando me fui haciendo al terreno tomé cuenta de los entrantes y salientes de la alcoba y hasta a ciegas ya hubiera sido capaz de meterme en la cama. Todo es según nos acostumbramos.

Su mujer que, según ella misma me dijo, se llamaba Concepción Castillo López, era joven, menuda, con una carilla pícara que la hacía simpática y presumida y pizpireta como es fama que son las madrileñas; me miraba con todo descaro, hablaba conmigo de lo que fuese, pero pronto me demostró — tan pronto como yo me puse a tiro para que me lo demostrase —

que con ella no había nada que hacer, ni de ella nada
que esperar. Estaba enamorada de su marido y para
ella no existía más hombre que él; fue una pena, porque era guapa y agradable como pocas, a pesar de
lo distinta que me parecía de las mujeres de mi tierra,
pero como nunca me diera pie absolutamente para
nada y, de otra parte, yo andaba como acobardado, se
fue librando y creciendo ante mi vista hasta que llegó
el día en que tan lejos la vi que ya ni se me ocurriera
pensar siquiera en ella. El marido era celoso como un
sultán y poco debía fiarse de su mujer porque no la
dejaba ni asomarse a la escalera; me acuerdo que un
domingo por la tarde, que se le ocurrió al Estévez
convidarme a dar un paseo por el Retiro con él y con
su mujer, se pasó las horas haciéndola cargos sobre
si miraba o si dejaba de mirar a éste o a aquél, cargos
que su mujer aguantaba incluso con satisfacción y con
un gesto de cariño en la faz que era lo que más me
desorientaba por ser lo que menos esperaba. En el
Retiro anduvimos dando vueltas por el paseo de al
lado del estanque y en una de ellas el Estévez se lio
a discutir a gritos con otro que por allí pasaba, y a tal
velocidad y empleando unas palabras tan rebuscadas
que yo me quedé a menos de la mitad de lo que dijeron; reñían porque, por lo visto, el otro había mirado
para la Concepción, pero lo que más extrañado me
tiene todavía es cómo, con la sarta de insultos que
se escupieron, no hicieron ni siquiera ademán de llegar a las manos. Se mentaron a las madres, se llamaron
a grito pelado chulos y cornudos, se ofrecieron co-
merse las asaduras, pero lo que es más curioso, ni se
tocaron un pelo de la ropa. Yo estaba asustado viendo

114

tan poco frecuentes costumbres pero, como es natural, no metí baza, aunque andaba prevenido por si había de salir en defensa del amigo. Cuando se aburrieron de decirse inconveniencias se marcharon cada uno por donde había venido y allí no pasó nada.

¡Así da gusto! Si los hombres del campo tuviéramos las tragaderas de los de las poblaciones, los presidios estarían deshabitados como islas.

A eso de las dos semanas, y aun cuando de Madrid no supiera demasiado, que no es ésta ciudad para llegar a conocerla al vuelo, decidí reanudar la marcha hacia donde había marcado mi meta, preparé el poco equipaje que llevaba en una maletilla que compré, saqué el billete del tren, y acompañado de Estévez, que no me abandonó hasta el último momento, salí para la estación — que era otra que por la que había llegado — y emprendí el viaje a La Coruña que, según me asesoraron, era un sitio de cruce de los vapores que van a las Américas. El viaje hasta el puerto fue algo más lento que el que hice desde el pueblo hasta Madrid, por ser mayor la distancia, pero como pasó la noche por medio y no era yo hombre a quien los movimientos y el ruido del tren impidieran dormir, se me pasó más de prisa de lo que creí y me anunciaban los vecinos y a las pocas horas de despertarme me encontré a la orilla de la mar, que fuera una de las cosas que más me anonadaron en esta vida, de grande y profunda que me pareció.

Cuando arreglé los primeros asuntillos me di perfecta cuenta de mi candor al creer que las pesetas que traía en el bolso habrían de bastarme para llegar a América. ¡Jamás hasta entonces se me había ocurrido pensar lo caro que resultaba un viaje por mar! Fui a la agencia, pregunté en una ventanilla, de donde me mandaron a preguntar a otra, esperé en una cola que duró, por lo bajo, tres horas, y cuando me acerqué hasta el empleado y quise empezar a inquirir sobre cuál destino me sería más conveniente y cuánto dinero habría de costarme, él — sin soltar ni palabra — dio media vuelta para volver al punto con un papel en la mano.

— Itinerarios…, tarifas… Salidas de La Coruña los días 5 y 20.

Yo intenté persuadirle de que lo que quería era hablar con él de mi viaje, pero fue inútil. Me cortó con una sequedad que me dejó desorientado.

— No insista.

Me marché con mi itinerario y mi tarifa y guardando en la memoria los días de las salidas. ¡Qué remedio!

En la casa donde vivía, estaba también alojado un sargento de artillería que se ofreció a descifrarme lo que decían los papeles que me dieron en la agencia, y en cuanto me habló del precio y de las condiciones del pago se me cayó el alma a los pies cuando calculé que no tenía ni para la mitad. El problema que se me presentaba no era pequeño y yo no le encontraba solución; el sargento, que se llamaba Adrián Nogueira, me animaba mucho — él también había estado allá — y me hablaba constantemente de La Habana y hasta de Nueva York. Yo — ¿para qué ocultarlo? — lo escuchaba como embobado y con una envidia como a nadie se la tuve jamás, pero como veía que con su charla lo único que ganaba era alargarme los dientes, le rogué un día que no siguiera porque ya mi propósito de quedarme en el país estaba hecho; puso una cara de no entender como jamás la había visto, pero, como era hombre discreto y reservado como todos los gallegos, no volvió a hablarme del asunto ni una sola vez.

La cabeza la llegué a tener como molida de lo mucho que pensé en lo que había de hacer, y como cualquier solución que no fuera volver al pueblo me parecía aceptable, me agarré a todo lo que pasaba, cargué maletas en la estación y fardos en el muelle, ayudé a la labor de la cocina en el hotel Ferrocarrilana, estuve de sereno una temporadita en la fábrica de Tabacos, e hice de todo un poco hasta que terminé mi tiempo de puerto de mar viviendo en casa de la Apacha, en la calle del Papagayo, subiendo a la izquierda, donde serví un poco para todo, aunque mi principal trabajo se limitaba a poner de patitas en la calle a aquellos a quienes se les notaba que no iban más que a alborotar.

Allí llegué a parar hasta un año y medio, que unido al medio año que llevaba por el mundo y fuera de mi casa, hacía que me acordase con mayor frecuencia de la que llegué a creer en lo que allí dejé; al principio era sólo por las noches, cuando me metía en la cama que me armaban en la cocina, pero poco a poco se fue extendiendo el pensar horas y horas hasta que llegó el día en que la morriña — como decían en La Coruña — me llegó a invadir de tal manera que tiempo me faltaba para verme de nuevo en la choza sobre la carretera. Pensaba que había de ser bien recibido por mi familia — el tiempo todo lo cura — y el deseo crecía en mí como crecen los hongos en la humedad. Pedí dinero prestado que me costó algún trabajo obtener, pero que, como todo, encontré insistiendo un poco, y un buen día, después de despedirme de todos mis protectores, con la Apacha a la cabeza, emprendí el viaje de vuelta, el viaje que tan feliz término le señalaba si el diablo — cosa que yo entonces no sabía — no se hubiera empeñado en hacer de las suyas en mi casa y en mi mujer durante mi ausencia. En realidad no deja de ser natural que mi mujer, joven y hermosa por entonces, notase demasiado, para lo poco instruida que era, la falta del marido: mi huida, mi mayor pecado, el que nunca debí cometer y el que Dios quiso castigar quién sabe si hasta con crueldad...

15

Siete días desde mi retorno habían transcurrido, cuando mi mujer, que con tanto cariño, por lo menos por fuera, me había recibido, me interrumpió los sueños para decirme:

— Estoy pensando que te recibí muy fría.

— ¡No, mujer!

— Es que no te esperaba, ¿sabes?, que no creí verte llegar...

— Pero ahora te alegras, ¿no?

— Sí; ahora me alegro...

Lola estaba como traspasada; se la notaba un gran cambio en todo lo suyo.

— ¿Te acordaste siempre de mí?

— Siempre, ¿por qué crees que he vuelto?

Mi mujer volvía a estar otro rato silenciosa.

— Dos años es mucho tiempo...

— Mucho.

— Y en dos años el mundo da muchas vueltas...

— Dos; me lo dijo un marinero de La Coruña.

— ¡No me hables de La Coruña!

— ¿Por qué?

— Porque no. ¡Ojalá no existiese La Coruña!

Ahuecaba la voz para decirme esto, y su mirar era como un bosque de sombras.

— ¡Muchas vueltas!

— ¡Muchas!

— Y una piensa: en dos años que falta, Dios se lo habrá llevado.

— ¿Qué más vas a decir?

— ¡Nada!

Lola se echó a llorar amargamente. Con un hilo de voz me confesó:

— Voy a tener un hijo.

— ¿Otro hijo?

— Sí.

Yo me quedé como asustado.

— ¿De quién?

— ¡No preguntes!

— ¿Que no pregunte? ¡Yo quiero preguntar! ¡Soy tu marido!

Ella soltó la voz.

— ¡Mi marido que me quiere matar! ¡Mi marido que me tiene dos largos años abandonada! ¡Mi marido que me huye como si fuera una leprosa! Mi marido...

— ¡No sigas!

Sí; mejor era no seguir, me lo decía la conciencia. Mejor era dejar que el tiempo pasara, que el niño naciera... Los vecinos empezarían a hablar de las andanzas de mi mujer, me mirarían de reojo, se pondrían a cuchichear en voz baja al verme pasar...

— ¿Quieres que llame a la señora Engracia?

— Ya me ha visto.

— ¿Qué dice?

— Que va bien la cosa.

— No es eso... No es eso...

— ¿Qué querías?

— Nada..., que conviene que entre todos arreglemos la cosa.

Mi mujer puso un gesto como suplicante.

— Pascual, ¿serías capaz?

— Sí, Lola; muy capaz. ¿Iba a ser el primero?

— Pascual; lo siento con más fuerza que ninguno, siento que ha de vivir...

— ¡Para mi deshonra!

— O para tu dicha, ¿qué sabe la gente?

— ¿La gente? ¡Vaya si lo sabrá!

Lola sonreía, con una sonrisa de niño maltratado que hería a la mirada.

— ¡Quién sabe si podremos hacer que no lo sepa!

— ¡Y todos lo sabrán!

No me sentía malo — bien Dios lo sabe —, pero es que uno está atado a la costumbre como el asno al ronzal.

Si mi condición de hombre me hubiera permitido perdonar, hubiera perdonado, pero el mundo es como es y el querer avanzar contra corriente no es sino vano intento.

— ¡Será mejor llamarla!

— ¿A la señora Engracia?

— Sí.

— ¡No, por Dios! ¿Otro aborto? ¿Estar siempre pariendo por parir, criando estiércol?

Ella se arrojó contra el suelo hasta besarme los pies.

— ¡Te doy mi vida entera, si me la pides!

— Para nada la quiero.

— Mis ojos y mi sangre, por haberte ofendido!

— Tampoco.

— ¡Mis pechos, mi madeja de pelo, mis dientes! ¡Te doy lo que tú quieras; pero no me lo quites, que es por lo que estoy viva!

121

Lo mejor era dejarla llorar, llorar largamente, hasta caer rendida, con los nervios destrozados, pero ya más tranquila, como más razonable.

Mi madre, que la muy desgraciada debió ser la alcahueta de todo lo pasado, andaba como huida y no se presentaba ante mi vista. ¡Hiere mucho el calor de la verdad! Me hablaba las menos palabras posibles, salía por una puerta cuando yo entraba por la otra, me tenía — cosa que ni antes sucediera, ni después habría de volver a suceder — la comida preparada a las horas de ley, ¡da pena pensar que para andar en paz haya que usar del miedo!, y tal mansedumbre mostraba en todo su ademán que hasta desconcertado consiguió llegarme a tener. Con ella nunca quise hablar de lo de Lola; era un pleito entre los dos, que nada más que entre los dos habría de resolverse.

Un día la llamé, a Lola, para decirla:

— Puedes estar tranquila
— ¿Por qué?
— Porque a la señora Engracia nadie la ha de llamar.

Lola se quedó un momento pensativa, como una garza.

— Eres muy bueno, Pascual.
— Sí; mejor de lo que tú crees.
— Y mejor de lo que yo soy.
— ¡No hablemos de eso! ¿Con quién fue?
— ¡No lo preguntes!
— Prefiero saberlo, Lola.
— Pero a mí me da miedo decírtelo.
— ¿Miedo?
— Sí; de que lo mates.

122

— ¿Tanto lo quieres?

— No lo quiero.

— ¿Entonces?

— Es que la sangre parece como el abono de tu vida...

Aquellas palabras se me quedaron grabadas en la cabeza como con fuego, y como con fuego grabadas conmigo morirán.

— ¿Y si te jurase que nada pasará?

— No te creería.

— ¿Por qué?

— Porque no puede ser, Pascual, ¡eres muy hombre!

— Gracias a Dios; pero aún tengo palabra.

Lola se echó en mis brazos.

— Daría años de mi vida porque nada hubiera pasado.

— Te creo.

— ¡Y porque tú me perdonases!

— Te perdono, Lola. Pero me vas a decir...

— Sí.

Estaba pálida como nunca, desencajada; su cara daba miedo, un miedo horrible de que la desgracia llegara con mi retorno; la cogí la cabeza, la acaricié, la hablé con más cariño que el que usara jamás el esposo más fiel; la mimé contra mi hombro, comprensivo de lo mucho que sufría, como temeroso de verla desfallecer a mi pregunta.

— ¿Quién fue?

— ¡El Estirao!

— ¿El Estirao?

Lola no contestó.

Estaba muerta, con la cabeza caída sobre el pecho y el pelo sobre la cara… Quedó un momento en equilibrio, sentada donde estaba, para caer al pronto contra el suelo de la cocina, todo de guijarrillos muy pisados…

16

Un nido de alacranes se revolvió en mi pecho
y, en cada gota de sangre de mis venas, una víbora
me mordía la carne.

Salí a buscar al asesino de mi mujer, al deshon-
rador de mi hermana, al hombre que más hiel llevó
a mis pechos; me costó trabajo encontrarlo de huido
como andaba. El bribón tuvo noticia de mi llegada,
puso tierra por medio y en cuatro meses no volvió
a aparecer por Almendralejo; yo salí en su captura,
fui a casa de la Nieves, vi a la Rosario... ¡Cómo había
cambiado! Estaba aviejada, con la cara llena de arrugas
prematuras, con las ojeras negras y el pelo lacio; daba
pena mirarla, con lo hermosa que fuera.

— ¿Qué vienes a buscar?

— ¡Vengo a buscar un hombre!

— Poco hombre es quien escapa del enemigo.

— Poco...

— Y poco hombre es quien no aguarda una visita
que se espera.

— Poco... ¿Dónde está?

— No sé; ayer salió.

— ¿Para dónde salió?

— No lo sé.

— ¿No lo sabes?

— No.

— ¿Estás segura?

— Tan segura como que ahora es de día.

Parecía ser cierto lo que decía; la Rosario me de-

125

mostró su cariño cuando volvió a la casa, para cuidar-
me, dejando al Estirao.

— ¿Sabes si fue muy lejos?

— Nada me dijo.

No hubo más solución que soterrar el genio; pagar
con infelices la furia que guardamos para los ruines,
nunca fue cosa de hombres.

— ¿Sabías lo que pasaba?

— Sí.

— ¿Y tan callado lo tenías?

— ¿A quién lo había de decir?

— No, a nadie...

En realidad, verdad era que a nadie había tenido
a quien decírselo; hay cosas que no a todos interesan,
cosas que son para llevarlas a cuestas uno solo, como
una cruz de martirio, y callárselas a los demás. A la
gente no se le puede decir todo lo que nos pasa,
porque en la mayoría de los casos no nos sabrían ni
entender.

La Rosa se vino conmigo.

— No quiero estar aquí ni un solo día más; estoy
cansada.

Y volvió para casa, tímida y como sobrecogida,
humilde y trabajadora como jamás la había visto; me
cuidaba con un regalo que nunca llegué — y, ¡ay!, lo
que es peor —, nunca llegaré a agradecérselo bastante.
Me tenía siempre preparada una camisa limpia, me
administraba los cuartos con la mejor de las haciendas,
me guardaba la comida caliente si es que me retra-
saba... ¡Daba gusto vivir así! Los días pasaban suaves
como plumas; las noches tranquilas como en un con-
vento, y los pensamientos funestos — que en otro

126

tiempo tanto me persiguieran — parecían como querer remitir. ¡Qué lejanos me parecían los días azarosos de La Coruña! ¡Qué perdido en el recuerdo se me aparecía a veces el tiempo de las puñaladas! La memoria de Lola, que tan profunda brecha dejara en mi corazón, se iba cerrando y los tiempos pasados iban siendo, poco a poco, olvidados, hasta que la mala estrella, esa mala estrella que parecía como empeñada en perseguirme, quiso resucitarlos para mi mal.

Fue en la taberna de Martinete; me lo dijo el señorito Sebastián.

— ¿Has visto al Estirao?

— No, ¿por qué?

— Nada; porque dicen que anda por el pueblo.

— ¿Por el pueblo?

— Eso dicen.

— ¡No me querrás engañar!

— ¡Hombre, no te pongas así; como me lo dijeron, te lo digo! ¿Por qué te había de engañar?

Me faltó tiempo para ver lo que había de cierto en sus palabras. Salí corriendo para mi casa; iba como una centella, sin mirar ni dónde pisaba. Me encontré a mi madre en la puerta.

— ¿Y la Rosario?

— Ahí dentro está.

— ¿Sola?

— Sí, ¿por qué?

Ni contesté; pasé a la cocina y allí me la encontré, removiendo el puchero.

— ¿Y el Estirao?

La Rosario pareció como sobresaltarse; levantó la cabeza y con calma, por lo menos por fuera, me soltó:

— ¿Por qué me lo preguntas?

— Porque está en el pueblo.

— ¿En el pueblo?

— Eso me han dicho.

— Pues por aquí no ha arrimado.

— ¿Estás segura?

— ¡Te lo juro!

No hacía falta que me lo jurase; era verdad, aún no había llegado, aunque había de llegar al poco rato, jaque como un rey de espadas, flamenco como un faraón.

Se encontró con la puerta guardada por mi madre.

— ¿Está Pascual?

— ¿Para qué le quieres?

— Para nada; para hablar de un asunto.

— ¿De un asunto?

— Sí; de un asunto que tenemos entre los dos.

— Pasa. Ahí lo tienes en la cocina.

El Estirao entró sin descubrirse, silbando una copla.

— ¡Hola, Pascual!

— ¡Hola, Paco! Descúbrete, que estás en una casa.

El Estirao se descubrió.

— ¡Si tú lo quieres!

Quería aparentar calma y serenidad, pero no acababa de conseguirlo; se le notaba nerviosillo y como azarado.

— ¡Hola, Rosario!

— ¡Hola, Paco!

Mi hermana le sonrió con una sonrisa cobarde que me repugnó; el hombre también sonreía, pero su boca al sonreír parecía como si hubiera perdido la color.

— ¿Sabes a lo que vengo?

— Tú dirás.

— ¡A llevarme a la Rosario!

— Ya me lo figuraba. Estirao, a la Rosario no te la llevas tú.

— ¿Que no me la llevo?

— No.

— ¿Quién lo habrá de impedir?

— Yo.

— ¿Tú?

— Sí, yo, ¿o es que te parezco poca cosa?

— No mucha…

En aquel momento estaba frío como un lagarto y bien pude medir todo el alcance de mis actos. Me tenté la ropa, medí las distancias y, sin dejarle seguir con la palabra para que no pasase lo de la vez anterior, le di tan fuerte golpe con una banqueta en medio de la cara que lo tiré de espaldas y como muerto contra la campana de la chimenea. Trató de incorporarse, desenvainó el cuchillo, y en su faz se veían unos fuegos que espantaban; tenía los huesos de la espalda quebrados y no podía moverse. Lo cogí, lo puse orilla de la carretera, y le dejé.

— Estirao, has matado a mi mujer…

— ¡Que era una zorra!

— Que sería lo que fuese, pero tú la has matado. Has deshonrado a mi hermana…

— ¡Bien deshonrada estaba cuando yo la cogí!

— ¡Deshonrada estaría, pero tú la has hundido! ¿Quieres callarte ya? Me has buscado las vueltas hasta que me encontraste; yo no he querido herirte, yo no quise quebrarte el costillar…

— ¡Que sanará algún día, y ese día!

— ¿Ese día, qué?

— ¡Te pegaré dos tiros igual que a un perro ra-bioso!

— ¡Repara en que te tengo a mi voluntad!

— ¡No sabrás tú matarme!

— ¿Que no sabré matarte?

— No.

— ¿Por qué lo dices? ¡Muy seguro te sientes!

— ¡Porque aún no nació el hombre!

Estaba bravo el mozo.

— ¿Te quieres marchar ya?

— ¡Ya me iré cuando quiera!

— ¡Que va a ser ahora mismo!

— ¡Devuélveme a la Rosario!

— ¡No quiero!

— ¡Devuélmela, que te mato!

— ¡Menos matar! ¡Ya vas bien con lo que llevas!

— ¿No me la quieres dar?

— ¡No!

El Estirao, haciendo un esfuerzo supremo, intentó echarme a un lado.

Lo sujeté del cuello y lo hundí contra el suelo.

— ¡Échate fuera!

— ¡No quiero!

Forcejeamos, lo derribé, y con una rodilla en el pecho le hice la confesión:

— No te mato porque se lo prometí...

— ¿A quién?

— A Lola.

— ¿Entonces, me quería?

Era demasiada chulería. Pisé un poco más fuerte... La carne del pecho hacía el mismo ruido que si estuviera en el asador... Empezó a arrojar sangre por la boca. Cuando me levanté, se le fue la cabeza — sin fuerza — para un lado...

17

Tres años me tuvieron encerrado, tres años lentos, largos como la amargura, que si al principio creí que nunca pasarían, después pensé que habían sido un sueño; tres años trabajando, día a día, en el taller de zapatero del penal; tomando, en los recreos, el sol en el patio, ese sol que tanto agradecía; viendo pasar las horas con el alma anhelante, las horas cuya cuenta — para mi mal — suspendió antes de tiempo mi buen comportamiento.

Da pena pensar que las pocas veces que en esta vida se me ocurrió no portarme demasiado mal, esa fatalidad, esa mala estrella que, como ya más atrás le dije, parece como complacerse en acompañarme, torció y dispuso las cosas de forma tal que la bondad no acabó para servir a mi alma para maldita la cosa. Peor aún: no sólo para nada sirvió, sino que a fuerza de desviarse y de degenerar siempre a algún mal peor me hubo de conducir. Si me hubiera portado mal hubiera estado en Chinchilla los veintiocho años que me salieron; me hubiera podrido vivo como todos los presos, me hubiera aburrido hasta enloquecer, hubiera desesperado, hubiera maldecido de todo lo divino, me hubiera acabado por envenenar del todo, pero allí estaría, purgando lo cometido, libre de nuevos delitos de sangre, preso y cautivo — bien es verdad —, pero con la cabeza tan segura sobre mis hombros como al nacer, libre de toda culpa, si no es el pecado original; si me hubiera portado ni fu ni fa, como todos sobre poco más o menos, los veintiocho años se hubieran convertido en catorce o dieciséis, mi madre se hubiera muerto de muerte natural para cuando yo consiguiese la libertad, mi hermana Rosario habría perdido ya su juventud, con su juventud su belleza, y con su belleza su peligro, y yo — este pobre yo, este desgraciado derrotado que tan poca compasión en usted y en la sociedad es capaz de provocar — hubiera salido manso como una oveja, suave como una manta, y alejado probablemente del peligro de una nueva caída. A estas horas estaría quién sabe si viviendo tranquilo, en cualquier lugar, dedicado a algún trabajo que me diera para comer, tratando de olvidar lo pasado para no mirar más que para lo por venir; a lo mejor lo había conseguido ya... Pero me porté lo mejor que pude, puse buena cara al mal tiempo, cumplí excediéndome lo que se me ordenaba, logré enternecer a la justicia, conseguí los buenos informes del director..., y me soltaron; me abrieron las puertas; me dejaron indefenso ante todo lo malo. Me dijeron:

— Has cumplido, Pascual; vuelve a la lucha, vuelve a la vida, vuelve a aguantar a todos, a hablar con todos, a rozarte otra vez con todos.

Y creyendo que me hacían un favor, me hundieron para siempre.

Estas filosofías no se me habían ocurrido de la primera vez que este capítulo — y los dos que siguen — escribí; pero me los robaron (todavía no me he explicado por qué me los quisieron quitar), aunque a usted le parezca tan extraño que no me lo crea, y entristecido por un lado con esta maldad sin justificación que tanto dolor me causa, y ahogado en la re-

133

petición, por la otra banda, que me fuerza el recuerdo y me decanta las ideas, a la pluma me vinieron y, como no considero penitencia el contrariarme las voluntades, que bastantes penitencias para la flaqueza de mi espíritu, ya que no para mis muchas culpas, tengo con lo que tengo, ahí las dejo, frescas como me salieron, para que usted las considere como le venga en gana.

Cuando salí encontré al campo más triste, mucho más triste, de lo que me había figurado. En los pensamientos que me daban cuando estaba preso, me lo imaginaba — vaya usted a saber por qué — verde y lozano como las praderas, fértil y hermoso como los campos de trigo, con los campesinos dedicados afanosamente a su labor, trabajando alegres de sol a sol, cantando, con la bota de vino a la vera y la cabeza vacía de malas ocurrencias, para encontrarlo a la salida yermo y agostado como los cementerios, deshabitado y solo como una ermita lugareña al siguiente día de la patrona...

Chinchilla es un pueblo ruin, como todos los manchegos, agobiado como por una honda pena, gris y macilento como todos los poblados donde la gente no asoma los hocicos al tiempo, y en ella no estuve sino el tiempo justo que necesité para tomar el tren que me había de devolver al pueblo, a mi casa, a mi familia; al pueblo que volvería a encontrar otra vez en el mismo sitio, a mi casa que resplandecía al sol como una joya, a mi familia que me esperaría para más lejos, que no se imaginaría que pronto habría de estar con ellos, a mi madre que en tres años a lo mejor Dios había querido suavizar, a mi hermana, a mi querida y santa hermana, que saltaría de gozo al verme.

El tren tardó en llegar, tardó muchas horas. Extraño estoy de que un hombre que tenía en el cuerpo tantas horas de espera notase con impaciencia tal un retraso de hora más, hora menos, pero lo cierto es que así ocurría, que me impacientaba, que me descomponía el aguardar como si algún importante negocio me comiese los tiempos. Anduve por la estación, fui a la cantina, paseé por un campo que había contiguo... Nada; el tren no llegaba, el tren no asomaba todavía, lejano como aún andaba por el retraso. Me acordaba del penal, que se veía allá lejos, por detrás del edificio de la estación; parecía desierto, pero estaba lleno hasta los bordes, guardador de un montón de desgraciados con cuyas vidas se podían llenar tantos cientos de páginas como ellos eran. Me acordaba del director, de la última vez que le vi; era un viejecito calvo, con un bigote cano, y unos ojos azules como el cielo; se llamaba don Conrado. Yo le quería como a un padre, le estaba agradecido de las muchas palabras de consuelo que — en tantas ocasiones — para mí tuviera. La última vez que le vi fue en su despacho, adonde me mandó llamar.

— ¿Da su permiso, don Conrado?

— Pasa, hijo.

Su voz estaba ya cascada por los años y por los achaques, y cuando nos llamaba hijos parecía como si se le enterneciera más todavía, como si le temblara al pasar por los labios. Me mandó sentar al otro lado de la mesa; me alargó la tabaquera, grande, de piel de cabra; sacó un librito de papel de fumar que me ofreció también.

— ¿Un pitillo?

—Gracias, don Conrado.

Don Conrado se rió.

—Para hablar contigo lo mejor es mucho humo. ¡Así se te ve menos esa cara tan fea que tienes!

Soltó la carcajada, una carcajada que al final se mezcló con un golpe de tos, con un golpe de tos que le duró hasta sofocarlo, hasta dejarlo abotargado y rojo como un tomate. Echó mano de un cajón y sacó dos copas y una botella de coñac. Yo me sobresalté; siempre me había tratado bien — cierto es —, pero nunca como aquel día.

—¿Qué pasa, don Conrado?

—Nada, hijo, nada... ¡Anda, bebe..., por tu libertad!

Volvió a acometerle la tos. Yo iba a preguntar:

—¿Por mi libertad?

Pero él me hacía señas con la mano para que no dijese nada. Esta vez pasó al revés; fue en risa en lo que acabó la tos.

—Sí. ¡Todos los pillos tenéis suerte!

Y se reía, gozoso de poder darme la noticia, contento de poder ponerme de patas en la calle. ¡Pobre don Conrado, qué bueno era! ¡Si él supiera que lo mejor que podría pasarme era no salir de allí! Cuando volví a Chinchilla, a aquella casa, me lo confesó con lágrimas en los ojos, en aquellos ojos que eran sólo un poco más azules que las lágrimas.

—¡Bueno, ahora en serio! Lee...

Me puso ante la vista la orden de libertad. Yo no creía lo que estaba viendo.

—¿Lo has leído?

—Sí, señor.

136

Abrió una carpeta y sacó dos papeles iguales, el licenciamiento.

— Toma, para ti; con eso puedes andar por donde quieras. Firma aquí; sin echar borrones.

Doblé el papel, lo metí en la cartera… ¡Estaba libre! Lo que pasó por mí en aquel momento ni lo sabría explicar. Don Conrado se puso grave; me soltó un sermón sobre la honradez y las buenas costumbres, me dio cuatro consejos sobre los impulsos que si hubiera tenido presentes me hubieran ahorrado más de un disgusto gordo, y cuando terminó, y como fin de fiesta, me entregó veinticinco pesetas en nombre de la Junta de Damas Regeneradoras de los Presos, institución benéfica que estaba formada en Madrid para acudir en nuestro auxilio.

Tocó un timbre y vino un oficial de prisiones. Don Conrado me alargó la mano.

— Adiós, hijo. ¡Qué Dios te guarde!

Yo no cabía en mí de gozo. Se volvió hacia el oficial.

— Muñoz, acompañe a este señor hasta la puerta. Llévelo antes a la administración; va socorrido con ocho días.

A Muñoz no lo volví a ver en los días de mi vida. A don Conrado, sí; tres años y medio más tarde.

El tren acabó por llegar; tarde o temprano todo llega en esta vida, menos el perdón de los ofendidos, que a veces parece como que disfruta en alejarse. Monté en mi departamento y después de andar dando tumbos de un lado para otro durante día y medio, di alcance a la estación del pueblo, que tan conocida me era, y en cuya vista había estado pensando durante todo el viaje. Nadie, absolutamente nadie, si no es Dios que está en las Alturas, sabía que yo llegaba, y sin embargo — no sé por qué rara manía de ideas — momento llegó a haber en que imaginaba el andén lleno de gentes jubilosas que me recibían con los brazos al aire, agitando pañuelos, voceando mi nombre a los cuatro puntos.

Cuando llegué, un frío agudo como una daga se me clavó en el corazón. En la estación no había nadie. Era de noche; el jefe, el señor Gregorio, con su farol de mecha que tenía un lado verde y otro rojo, y su banderola enfundada en su caperuza de lata, acababa de dar salida al tren. Ahora se volvería hacia mí, me reconocería, me felicitaría.

— ¡Caramba, Pascual! ¡Y tú por aquí!
— Sí, señor Gregorio. ¡Libre!
— ¡Vaya, vaya!

Y se dio media vuelta sin hacerme más caso. Se metió en su caseta. Yo quise gritarle:

— ¡Libre, señor Gregorio! ¡Estoy libre!, porque pensé que no se había dado cuenta. Pero me quedé un momento parado y desistí de hacerlo.

La sangre se me agolpó a los oídos y las lágrimas estuvieron a pique de aparecerme en ambos ojos. Al señor Gregorio no le importaba nada mi libertad.

Salí de la estación con el fardo del equipaje al hombro, torcí por una senda que desde ella llevaba hasta la carretera donde estaba mi casa, sin necesidad de pasar por el pueblo, y empecé a caminar. Iba triste, muy triste; toda mi alegría la matara el señor Gregorio con sus tristes palabras, y un torrente de funestas ideas, de presagios desgraciados, que en vano yo trataba de ahuyentar, me atosigaban la memoria. La noche estaba clara, sin una nube, y la luna, como una hostia, allí estaba, clavada, en el medio del cielo. No quería pensar en el frío que me invadía.

Un poco más adelante, a la derecha del sendero, hacia la mitad del camino, estaba el cementerio, en el mismo sitio donde lo dejé, con la misma tapia de adobes negruzcos, con su alto ciprés que en nada había mudado, con su lechuza silbadora entre las ramas. El cementerio donde descansaba mi padre de su furia; Mario, de su inocencia; mi mujer, su abandono, y el Estirao, su mucha chulería. El cementerio donde se pudrían los restos de mis dos hijos, del abortado y de Pascualillo, que en los once meses de vida que alcanzó fuera talmente un sol...

¡Me daba resquemor llegar al pueblo, así, solo, de noche, y pasar lo primero por junto al camposanto! ¡Parecía como si la Providencia se complaciera en ponérmelo delante, en hacerlo de propósito para forzarme a caér en la meditación de lo poco que somos!

La sombra de mi cuerpo iba siempre delante, larga, muy larga, tan larga como un fantasma, muy pegada al suelo, siguiendo el terreno, ora tirando recta por el camino, ora subiéndose a la tapia del cementerio, como queriendo asomarse. Corrí un poco; la sombra corrió también. Me paré; la sombra también paró. Miré para el firmamento; no había una sola nube en todo su redor. La sombra había de acompañarme, paso a paso, hasta llegar.

Cogí miedo, un miedo inexplicable; me imaginé a los muertos saliendo en esqueleto a mirarme pasar. No me atrevía a levantar la cabeza; apreté el paso; el

cuerpo parecía que no me pesaba; el cajón tampoco.
En aquel momento parecía como si tuviera más fuerza
que nunca. Llegó el instante en que llegué a estar
al galope como un perro huido; corría, corría como un
loco, como un poseído. Cuando llegué a mi casa estaba
rendido; no hubiera podido dar un paso más...

Puse el bulto en el suelo y me senté sobre él.
No se oía ningún ruido; Rosario y mi madre estarían,
a buen seguro, durmiendo, ajenas del todo a que yo
había llegado, a que yo estaba libre, a pocos pasos de
ellas. ¡Quién sabe si mi hermana no habría rezado
una salve — la oración que más le gustaba — en el
momento de meterse en la cama, porque a mí me
soltasen! ¡Quién sabe si a aquellas horas no estaría
soñando, entristecida, en mi desgracia, imaginándome
tumbado sobre las tablas de la celda, con la memoria
puesta en ella, que fue el único afecto sincero que en
mi vida tuve! Estaría a lo mejor sobresaltada, presa de
una pesadilla.

Y yo estaba allí, estaba ya allí, libre, sano como
una manzana, listo para volver a empezar, para consolarla, para mimarla, para recibir su sonrisa.

No sabía lo que hacer; pensé llamar... Se asus-
tarían; nadie llama a esas horas. A lo mejor ni se
atrevían a abrir; pero tampoco podía seguir allí, tampoco era posible esperar al día sentado sobre el cajón.

Por la carretera venían dos hombres conversando
en voz alta; iban distraídos, como contentos; venían
de Almendralejo, quién sabe si de ver a las novias.
Pronto los reconocí: eran León, el hermano de Martinete, y el señorito Sebastián. Yo me escondí; no sé
por qué, pero su vista me apresuraba.

Pasaron muy cerca de la casa, muy cerca de mí; su conversación era bien clara.

— Ya ves lo que a Pascual le pasó.

— Y no hizo más que lo que hubiéramos hecho cualquiera.

— Defender a la mujer.

— Claro.

— Y está en Chinchilla, a más de un día de tren, ya va para tres años...

Sentí una profunda alegría; me pasó como un rayo por la imaginación la idea de salir, de presentarme ante ellos, de darles un abrazo..., pero preferí no hacerlo; en la cárcel me hicieron más calmoso, me quitaron impulsos.

Esperé a que se alejaran. Cuando calculé verlos ya suficientemente lejos, salí de la cuneta y fui a la puerta. Allí estaba el cajón; no lo habían visto. Si lo hubieran visto se hubieran acercado, y yo hubiera tenido que salir a explicarles, y se hubieran creído que me ocultaba, que los huía.

No quise pensarlo más; me acerqué hasta la puerta y di dos golpes sobre ella. Nadie me respondió; esperé unos minutos. Nada. Volví a golpearla, esta vez con más fuerza. En el interior se encendió un candil.

— ¡Quién!

— ¡Soy yo!

— ¿Quién?

Era la voz de mi madre. Sentí alegría al oírla, para qué mentir.

— Yo, Pascual.

— ¿Pascual?

— Sí, madre. ¡Pascual!

Abrió la puerta; a la luz del candil parecía una bruja.

— ¿Qué quieres?

— ¿Que qué quiero?

— Sí.

— Entrar. ¿Qué voy a querer?

Estaba extraña. ¿Por qué me trataría así?

— ¿Qué le pasa a usted, madre?

— Nada, ¿por qué?

— No, ¡como la veía como parada!

Estoy por asegurar que mi madre hubiera preferido no verme. Los odios de otros tiempos parecían como querer volver a hacer presa en mí. Yo trataba de ahuyentarlos, de echarlos a un lado.

— ¿Y la Rosario?

— Se fue.

— ¿Se fue?

— Sí.

— ¿A dónde?

— A Almendralejo.

— ¿Otra vez?

— Otra vez.

— ¿Liada?

— Sí.

— ¿Con quién?

— ¿A ti qué más te da?

Parecía como si el mundo quisiera caerme sobre la cabeza. No veía claro; pensé si no estaría soñando. Estuvimos los dos un corto rato callados.

— ¿Y por qué se fue?

— ¡Ya ves!

— ¿No quería esperarme?

— No sabía que habías de venir. Estaba siempre hablando de ti…

¡Pobre Rosario, qué vida de desgracia llevaba con lo buena que era!

— ¿Os faltó de comer?

— A veces.

— ¿Y se marchó por eso?

— ¡Quién sabe!

Volvimos a callar.

— ¿La ves?

— Sí; viene con frecuencia. ¡Como él está también aquí!

— ¿Él?

— Sí.

— ¿Quién es?

— El señorito Sebastián.

Creí morir. Hubiera dado dinero por haberme visto todavía en el penal.

18

La Rosario fue a verme en cuanto se enteró de mi vuelta.

— Ayer supe que habías vuelto. ¡No sabes lo que me alegré!

¡Cómo me gustaba oír sus palabras!

— Sí, lo sé, Rosario; me lo figuro. ¡Yo también estaba deseando volverte a ver!

Parecía como si estuviéramos de cumplido, como si nos hubiéramos conocido diez minutos atrás. Los dos hacíamos esfuerzos para que la cosa saliera natural. Pregunté, por preguntar algo, al cabo de un rato:

— ¿Cómo fue de marcharte otra vez?

— Ya ves.

— ¿Tan apurada andabas?

— Bastante.

— ¿Y no pudiste esperar?

— No quise.

Puso bronca la voz.

— No me dio la gana de pasar más calamidades…

Me lo explicaba; la pobre bastante había pasado ya.

— No hablemos de eso, Pascual.

La Rosario se sonreía con su sonrisa de siempre, esa sonrisa triste y como abatida que tienen todos los desgraciados de buen fondo.

— Pasemos a otra cosa… ¿Sabes que te tengo buscada una novia?

— ¿A mí?

— Sí.

— ¿Una novia?

— Sí, hombre. ¿Por qué? ¿Te extraña?

— No… Parece raro. ¿Quién me ha de querer?

— Pues cualquiera. ¿O es que no te quiero yo?

La confesión de cariño de mi hermana, aunque ya la sabía, me agradaba; su preocupación por buscarme novia, también. ¡Mire usted que es ocurrencia!

— ¿Y quién es?

— La sobrina de la señora Engracia.

— ¿La Esperanza?

— Sí.

— ¡Guapa moza!

— Que te quiere desde antes de que te casases.

— ¡Bien callado se lo tenía!

— Qué quieres, ¡cada una es como es!

— ¿Y tú, qué le has dicho?

— Nada; que alguna vez habrías de volver.

— Y he vuelto…

— ¡Gracias a Dios!

La novia que la Rosario me tenía preparada, en verdad que era una hermosa mujer. No era del tipo de Lola, sino más bien al contrario, algo así como un término medio entre ella y la mujer del Estévez, incluso algo parecida en el tipo — fijándose bien — al de mi hermana. Andaría por entonces por los treinta o treinta y dos años, que poco o nada se la notaban de joven y conservada como aparecía. Era muy religiosa y como dada a la mística, cosa rara por aquellas tierras, y se dejaba llevar de la vida, como los gitanos, sólo con el pensamiento puesto en aquello que siempre decía:

— ¿Para qué variar? ¡Está escrito!

Vivía en el cerro con su tía, la señora Engracia, hermanastra de su difunto padre, por haberse quedado huérfana de ambas partes aún muy tierna, y como era de natural consentidor y algo tímida, jamás nadie pudiera decir que con nadie la hubiera visto u oído discutir, y mucho menos con su tía, a la que tenía un gran respeto. Era aseada como pocas, tenía la misma color de las manzanas y cuando, al poco tiempo de entonces, llegó a ser mi mujer — mi segunda mujer —, tal orden hubo de implantar en mi casa que en multitud de detalles nadie la hubiera reconocido.

La primera vez, entonces, que me la eché a la cara, la cosa no dejó de ser violenta para los dos; los dos sabíamos lo que nos íbamos a decir, los dos nos mirábamos a hurtadillas como para espiar los movimientos del otro.

Estábamos solos, pero era igual; solos llevábamos una hora y cada instante que pasaba parecía como si fuera a costar más trabajo el empezar a hablar. Fue ella quien rompió el fuego:

— Vienes más gordo.

— Puede...

— Y de semblante más claro.

— Eso dicen...

Yo hacía esfuerzos en mi interior por mostrarme amable y decidor, pero no lo conseguía; estaba como entontecido, como aplastado por un peso que me ahogaba, pero del que guardo recuerdo como una de las impresiones más agradables de mi vida, como una de las impresiones que más pena me causó el perder.

— ¿Cómo es aquel terreno?

— Malo.

Ella estaba como pensativa. ¡Quién sabe lo que pensaría!

— ¿Te acordaste mucho de la Lola?

— A veces. ¿Por qué mentir? Como estaba todo el día pensando, me acordada de todos. ¡Hasta del Estirao, ya ves!

La Esperanza estaba levemente pálida.

— Me alegro de que hayas vuelto.

— Sí, Esperanza, yo también me alegro de que me hayas esperado.

— ¿De que te haya esperado?

— Sí; ¿o es que no me esperabas?

— ¿Quién te lo dijo?

— ¡Ya ves! ¡Todo se sabe!

Le temblaba la voz y su temblor no faltó nada para que me lo contagiase.

— ¿Fue la Rosario?

— Sí. ¿Qué ves de malo?

— Nada.

Las lágrimas le asomaron a los ojos.

— ¿Qué habrás pensado de mí?

— ¿Qué querías que pensase? ¡Nada!

Me acerqué lentamente y la besé en las manos. Ella se dejaba besar.

— Estoy tan libre como tú, Esperanza.

.   .   .   .

— Tan libre como cuando tenía veinte años.

Esperanza me miraba tímidamente.

— No soy un viejo; tengo que pensar en vivir.

147

— Sí.

— En arreglar mi trabajo, mi casa, mi vida… ¿De verdad que me esperabas?

— Sí.

— ¿Y por qué no me lo dices?

— Ya te lo dije.

Era verdad; ya me lo había dicho, pero yo gozaba en hacérselo repetir.

— Dímelo otra vez.

La Esperanza se había vuelto roja como un pimiento. La voz le salía como cortada y los labios y las aletas de la nariz le temblaban como las hojas movidas por la brisa, como el plumón del jilguero que se esponja al sol.

— Te esperaba, Pascual. Todos los días rezaba porque volvieras pronto; Dios me escuchó.

— Es cierto.

Volví a besarla las manos. Estaba como apagado. No me atrevía a besarla en la cara.

— ¿Querrás…, querrás…?

— Sí.

— ¿Sabías lo que iba a decir?

— Sí. No sigas.

Se volvió radiante de repente como un amanecer.

— Bésame, Pascual…

Cambió de voz, que se puso velada y como sórdida.

— ¡Bastante te esperé!

La besé ardientemente, intensamente, con un cariño y con un respeto como jamás usé con mujer alguna, y tan largo, tan largo, que cuando aparté la boca el cariño más fiel había aparecido en mí.

19

Llevábamos ya dos meses casados cuando me fue dado el observar que mi madre seguía usando de las mismas mañas y de iguales malas artes que antes de que me tuvieran encerrado. Me quemaba la sangre con su ademán, siempre huraño y como despegado, con su conversación hiriente y siempre intencionada, con el tonillo de voz que usaba para hablarme, en falsete y tan fingido como toda ella. A mi mujer, aunque transigía con ella, ¡qué remedio la quedaba!, no la podía ver ni en pintura, y tan poco disimulaba su malquerer que la Esperanza, un día que estaba ya demasiado cargada, me planteó la cuestión en unas formas que pude ver que no otro arreglo sino el poner la tierra por en medio podría llegar a tener. La tierra por en medio se dice cuando dos se separan a dos pueblos distantes, pero, bien mirado, también se podría decir cuando entre el terreno en donde uno pisa y el otro duerme hay veinte pies de altura...

Muchas vueltas me dio en la cabeza la idea de la emigración; pensaba en La Coruña, o en Madrid, o bien más cerca, hacia la capital, pero el caso es que — ¡quién sabe si por cobardía, por falta de decisión! — la cosa la fui aplazando, aplazando, hasta que cuando me lancé a viajar, con nadie que no fuese con mis mismas carnes, o con mi mismo recuerdo, hubiera querido poner la tierra por en medio... La tierra que no fue bastante grande para huir de mi culpa... La tierra que no tuvo largura ni anchura suficiente para hacerse la muda ante el clamor de mi propia conciencia...

Quería poner tierra entre mi sombra y yo, entre mi nombre y mi recuerdo y yo, entre mis mismos cueros y mí mismo, este mí mismo del que, de quitarle la sombra y el recuerdo, los nombres y los cueros, tan poco quedaría.

Hay ocasiones en las que más vale borrarse como un muerto, desaparecer de repente como tragado por la tierra, deshilarse en el aire como el copo de humo. Ocasiones que no se consiguen, pero que de conseguirse nos transformarían en ángeles, evitarían el que siguiéramos enfangados en el crimen y el pecado, nos liberarían de este lastre de carne contaminada del que, se lo aseguro, no volveríamos a acordarnos para nada — tal horror le tomamos — de no ser que constantemente alguien se encarga de que no nos olvidemos de él, alguien se preocupa de aventar sus escorias para herirnos los olfatos del alma. ¡Nada hiede tanto ni tan mal como la lepra que lo malo pasado deja por la conciencia, como el dolor de no salir del mal pudriéndonos ese osario de esperanzas muertas, al poco de nacer, que — ¡desde hace tanto tiempo ya! — nuestra triste vida es!

La idea de la muerte llega siempre con paso de lobo, con andares de culebra, como todas las peores imaginaciones. Nunca de repente llegan las ideas que nos trastornan; lo repentino ahoga unos momentos, pero nos deja, al marchar, largos años de vida por delante. Los pensamientos que nos enloquecen con la peor de las locuras, la de la tristeza, siempre llegan poco a poco y como sin sentir, como sin sentir invade la niebla los campos, o la tisis los pechos. Avanza, fatal, incansable, pero lenta, despaciosa, regular como el pulso. Hoy no la notamos; a lo mejor mañana tampoco, ni pasado mañana, ni en un mes entero. Pero pasa ese mes y empezamos a sentir amarga la comida, como doloroso el recordar; ya estamos picados. Al correr de los días y las noches nos vamos volviendo huraños, solitarios; en nuestra cabeza se cuecen las ideas, las ideas que han de ocasionar el que nos corten la cabeza donde se cocieron, quién sabe si para que no siga trabajando tan atrozmente. Pasamos a lo mejor hasta semanas enteras sin variar; los que nos rodean se acostumbraron ya a nuestra adustez y ya ni extrañan siquiera nuestro extraño ser. Pero un día el mal crece, como los árboles, y engorda, y ya no saludamos a la gente; y vuelven a sentirnos como raros y como enamorados. Vamos enflaqueciendo, enflaqueciendo, y nuestra barba hirsuta es cada vez más lacia. Empezamos a sentir el odio que nos mata; ya no aguantamos el mirar; nos duele la conciencia, pero, ¡no importa!, ¡más vale que duela! Nos escuecen los ojos, que se llenan de un agua venenosa cuando miramos fuerte. El enemigo nota nuestro anhelo, pero está confiado; el instinto no miente. La desgracia es alegre, acogedora, y el más tierno sentir gozamos en hacerlo arrastrar sobre la plaza inmensa de vidrios que va siendo ya nuestra alma. Cuando huimos como las corzas, cuando el oído sobresalta nuestros sueños, estamos ya minados por el mal; ya no hay solución, ya no hay arreglo posible. Empezamos a caer, vertiginosamente ya, para no volvernos a levantar en vida. Quizás para levantarnos un poco a última hora, antes de caer de cabeza hasta el infierno... Mala cosa.

Mi madre sentía una insistente satisfacción en tentarme los genios, en los que el mal iba creciendo como las moscas al olor de los muertos. La bilis que tragué me envenenó el corazón y tan malos pensamientos llegaba por entonces a discurrir, que llegué a estar asustado de mi mismo coraje. No quería ni verla; los días pasaban iguales los unos a los otros, con el mismo dolor clavado en las entrañas, con los mismos presagios de tormenta nublándonos la vista.

El día que decidí hacer uso del hierro tan agobiado estaba, tan cierto de que al mal había que sangrarlo, que no sobresaltó ni un ápice mis pulsos la idea de la muerte de mi madre. Era algo fatal que había de venir y que venía, que yo había de causar y que no podía evitar aunque quisiera, porque me parecía imposible cambiar de opinión, volverme atrás, evitar lo que ahora daría una mano porque no hubiera ocurrido, pero que entonces gozaba en provocar con el mismo cálculo y la misma meditación por lo menos con los que un labrador emplearía para pensar en sus trigales.

Estaba todo bien preparado; me pasé largas noches enteras pensando en lo mismo para envalentonarme, para tomar fuerzas; afilé el cuchillo de monte, con su larga y ancha hoja que se parecía a las hojas del maíz, con su canalito que la cruzaba, con sus cachas de nácar que le daban un aire retador. Sólo faltaba entonces emplazar la fecha; y después no titubear, no volverse atrás, llegar hasta el final costase lo que costase, mantener la calma..., y luego herir, herir sin pena, rápidamente, y huir, huir muy lejos, a La Coruña, huir donde nadie pudiera saberlo, donde se me permitiera vivir en paz esperando el olvido de las gentes, el olvido que me dejase volver para empezar a vivir de nuevo.

La conciencia no me remordería; no habría motivo. La conciencia sólo remuerde de las injusticias cometidas: de apalear un niño, de derribar una golondrina... Pero de aquellos actos a los que nos conduce el odio, a los que vamos como adormecidos por una idea que nos obsesiona, no tenemos que arrepentirnos jamás, jamás nos remuerde la conciencia.

Fue el 10 de febrero de 1922. Cuadró en viernes aquel año, el 10 de febrero. El tiempo estaba claro como es ley que ocurriera por el país; el sol se agradecía y en la plaza me parece como recordar que hubo aquel día más niños que nunca jugando a las canicas o a las tabas. Mucho pensé en aquello, pero procuré vencerme y lo conseguí; volverme atrás hubiera sido imposible, hubiera sido fatal para mí, me hubiera conducido a la muerte, quién sabe si al suicidio. Me hubiera acabado por encontrar en el fondo del Guadiana, debajo de las ruedas del tren... No, no era posible cejar, había que continuar adelante, siempre adelante, hasta el fin. Era ya una cuestión de amor propio.

Mi mujer algo debió de notarme.

— ¿Qué vas a hacer?

— Nada, ¿por qué?

— No sé; parece como si te encontrase extraño.

— ¡Tonterías!

La besé, por tranquilizarla; fue el último beso que le di. ¡Qué lejos de saberlo estaba yo entonces! Si lo hubiera sabido me hubiera estremecido.

— ¿Por qué me besas?

Me dejó de una pieza.

— ¿Por qué no te voy a besar?

Sus palabras mucho me hicieron pensar. Parecía como si supiera todo lo que iba a ocurrir, como si estuviera ya al cabo de la calle.

El sol se puso por el mismo sitio que todos los días. Vino la noche…, cenamos…, se metieron en la cama… Yo me quedé, como siempre, jugando con el rescoldo del hogar. Hacía ya tiempo que no iba a la taberna de Martinete.

Había llegado la ocasión, la ocasión que tanto tiempo había estado esperando. Había que hacer de tripas corazón, acabar pronto, lo más pronto posible. La noche es corta y en la noche tenía que haber pasado ya todo y tenía que sorprenderme la amanecida a muchas leguas del pueblo.

Estuve escuchando un largo rato. No se oía nada. Fui al cuarto de mi mujer; estaba dormida y la dejé que siguiera durmiendo. Mi madre dormiría también a buen seguro. Volví a la cocina; me descalcé; el suelo estaba frío y las piedras del suelo se me clavaban en la punta del pie. Desenvainé el cuchillo, que brillaba a la llama como un sol.

Allí estaba, echada bajo las sábanas, con su cara muy pegada a la almohada. No tenía más que echarme sobre el cuerpo y acuchillarlo. No se movería, no daría ni un solo grito, no le daría tiempo… Estaba ya al alcance del brazo, profundamente dormida, ajena — ¡Dios, qué ajenos están siempre los asesinados a su suerte! — a todo lo que le iba a pasar. Quería decidirme, pero no lo acababa de conseguir; vez hubo ya de tener el brazo levantado, para volver a dejarlo caer otra vez todo a lo largo del cuerpo.

Pensé cerrar los ojos y herir. No podía ser; herir a ciegas es como no herir, es exponerse a herir en el vacío... Había que herir con los ojos bien abiertos, con los cinco sentidos puestos en el golpe. Había que conservar la serenidad, que recobrar la serenidad que parecía ya como si estuviera empezando a perder ante la vista del cuerpo de mi madre... El tiempo pasaba y yo seguía allí, parado, inmóvil como una estatua, sin decidirme a acabar. No me atrevía; después de todo era mi madre, la mujer que me había parido, y a quien sólo por eso había que perdonar... No; no podía perdonarla porque me hubiera parido. Con echarme al mundo no me hizo ningún favor, absolutamente ninguno... No había tiempo que perder. Había que decidirse de una buena vez. Momento llegó a haber en que estaba de pie y como dormido, con el cuchillo en la mano, como la imagen del crimen... Trataba de vencerme, de recuperar mis fuerzas, de concentrarlas. Ardía en deseos de acabar pronto, rápidamente, y de salir corriendo hasta caer rendido, en cualquier lado. Estaba agotándome; llevaba una hora larga al lado de ella, como guardándola, como velando su sueño. ¡Y había ido a matarla, a eliminarla, a quitarle la vida a puñaladas!

Quizás otra hora llegara ya a pasar. No; definitivamente, no. No podía; era algo superior a mis fuerzas, algo que me revolvía la sangre. Pensé huir. A lo mejor hacía ruido al salir; se despertaría, me reconocería. No, huir tampoco podía; iba indefectiblemente camino de la ruina... No había más solución que golpear sin piedad, rápidamente, para acabar lo más pronto posible. Pero golpear tampoco podía… Estaba metido como en un lodazal donde me fuese hundiendo, poco a poco, sin remedio posible, sin salida posible. El barro me llegaba ya hasta el cuello. Iba a morir ahogado como un gato… Me era completamente imposible matar; estaba como paralítico.

Di la vuelta para marchar. El suelo crujía. Mi madre se revolvió en la cama.

— ¿Quién anda ahí?

Entonces sí que ya no había solución. Me abalancé sobre ella y la sujeté. Forcejeó, se escurrió… Momento hubo en que llegó a tenerme cogido por el cuello. Gritaba como una condenada. Luchamos; fue la lucha más tremenda que usted se puede imaginar. Rugíamos como bestias, la baba nos asomaba a la boca… En una de las vueltas vi a mi mujer, blanca como una muerta, parada a la puerta sin atreverse a entrar. Traía un candil en la mano, el candil a cuya luz pude ver la cara de mi madre, morada como un hábito de nazareno… Seguíamos luchando; llegué a tener las vestiduras rasgadas, el pecho al aire. La condenada tenía más fuerzas que un demonio. Tuve que usar de toda mi hombría para tenerla quieta. Quince veces que la sujetara, quince veces que se me había de escurrir. Me arañaba, me daba patadas y puñetazos, me mordía. Hubo un momento en que con la boca me cazó un pezón — el izquierdo — y me lo arrancó de cuajo.

Fue el momento mismo en que pude clavarle la hoja en la garganta…

La sangre corría como desbocada y me golpeó la

cara. Estaba caliente como un vientre y sabía lo mismo que la sangre de los corderos.

La solté y salí huyendo. Choqué con mi mujer a la salida; se le apagó el candil. Cogí el campo y corrí, corrí sin descanso, durante horas enteras. El campo estaba fresco y una sensación como de alivio me corrió las venas.

Podía respirar...

Otra nota del transcriptor

Hasta aquí las cuartillas manuscritas de Pascual Duarte. Si lo agarrotaron a renglón seguido, o si todavía tuvo tiempo de escribir más hazañas, y éstas se perdieron, es una cosa que por más que hice no he podido esclarecer.

El licenciado don Benigno Bonilla, dueño de la farmacia de Almendralejo, donde, como ya dije, encontré lo que atrás dejo transcrito, me dio toda suerte de facilidades para seguir rebuscando. A la botica le di la vuelta como un calcetín; miré hasta en los botes de porcelana, detrás de los frascos, encima — y debajo — de los armarios, en el cajón del bicarbonato... Aprendí nombres hermosos — ungüento del hijo de Zacarías, del boyero y del cochero, de pez y resina, de pan de puerco, de bayas de laurel, de la caridad, contra el pedero del ganado lanar —, *tosí con la mostaza, me dieron arcadas con la valeriana, me lloraron los ojos con el amoníaco pero por más vueltas que di, y por más padrenuestros que le recé a San Antonio para que me pusiera algo a los alcances de mi mano, ese algo no debía existir porque jamás lo atopé.*

Es una contrariedad no pequeña esta falta absoluta de datos de los últimos años de Pascual Duarte. Por un cálculo, no muy difícil, lo que parece evidente es que volviera de nuevo al penal de Chinchilla (de sus mismas palabras se infiere) donde debió estar hasta el año 35 o quién sabe si hasta el 36. Desde luego, parece descartado que salió de presidio antes de em-

*pezar la guerra. Sobre lo que no hay manera humana
de averiguar nada es sobre su actuación durante los
quince días de revolución que pasaron sobre su pueblo; si hacemos excepción del asesinato del señor
González de la Riva — del que nuestro personaje
fue autor convicto y confeso — nada más, absolutamente nada más, hemos podido saber de él, y aun de
su crimen sabemos, cierto es, lo irreparable y evidente,
pero ignoramos, porque Pascual se cerró a la banda y no dijo esta boca es mía más que cuando le
dio la gana, que fue muy pocas veces, los motivos
que tuvo y los impulsos que le acometieron. Quizás
de haberse diferido algún tiempo su ejecución, hubiera
llegado él en sus memorias hasta el punto y lo hubiera tratado con amplitud, pero lo cierto es que,
como no ocurrió, la laguna que al final de sus días
aparece no de otra forma que a base de cuento y de
romance podría llenarse, solución que repugna a la
veracidad de este libro.*

*La carta de Pascual Duarte a don Joaquín Barrera
debió escribirla al tiempo de los capítulos XII y XIII,
los dos únicos en los que empleó tinta morada, idén-
tica a la de la carta al citado señor, lo que viene a
demostrar que Pascual no suspendió definitivamente,
como decía, su relato, sino que preparó la carta con
todo cálculo para que surtiese su efecto a su tiempo
debido, precaución que nos presenta a nuestro personaje no tan olvidadizo ni atontado como a primera
vista pareciera. Lo que está del todo claro, porque
nos lo dice el cabo de la guardia civil Cesáreo Martín,
que fue quien recibió el encargo, es la forma en que
se dio traslado al fajo de cuartillas desde la cárcel de*

Badajoz hasta la casa en Mérida del señor Barrera.

En mi afán de aclarar en lo posible los últimos momentos del personaje, me dirigí en carta a don Santiago Lurueña, capellán entonces de la cárcel y hoy cura párroco de Magacela (Badajoz) y a don Cesáreo Martín, número de la guardia civil con destino en la cárcel de Badajoz entonces y hoy cabo comandante del puesto de La Vecilla (León), y personas ambas que por su oficio estuvieron cercanas al criminal cuando le tocó pagar deudas a la justicia.

He aquí las cartas:

Magacela (Badajoz), a 9 de enero de 1942.

Muy distinguido señor mío y de mi mayor consideración:

Recibo en estos momentos, y con evidente retraso, su atenta carta del 18 del anterior mes de diciembre, y las 359 cuartillas escritas a máquina conteniendo las memorias del desgraciado Duarte. Me lo remite todo ello don David Freire Angulo, actual capellán de la cárcel de Badajoz, y compañero de un servidor allá en los años moceriles del seminario, en Salamanca. Quiero apaciguar el clamor de mi conciencia estampando estas palabras no más abierto el sobre, para dejar para mañana, Dios mediante, la continuación, después de haber leído, siguiendo sus instrucciones y mi curiosidad, el fajo que me acompaña.

(Sigo el 10.)

Acabo de leer de una tirada, aunque — según Herodoto — no sea forma noble de lectura, las confesiones de Duarte, y no tiene usted idea de la impresión profunda que han dejado en mi espíritu, de la honda huella, del marcado surco que en mi alma produjeran. Para un servidor, que recogiera sus últimas palabras de arrepentimiento con el mismo gozo con que recogiera la más dorada mies el labrador, no deja de ser fuerte impresión la lectura de lo escrito por el hombre que quizás a la mayoría se les figure una hiena (como a mí se me figuró también cuando fui llamado a su celda), aunque al llegar al fondo de su alma se pudiese conocer que no otra cosa que un manso cor-

161

dero, acorralado y asustado por la vida, pasara de ser.

Su muerte fue de ejemplar preparación y únicamente a última hora, al faltarle la presencia de ánimo, se descompuso un tanto, lo que ocasionó que el pobre sufriera con el espíritu lo que se hubiera ahorrado de tener mayor valentía.

Dispuso los negocios del alma con un aplomo y una serenidad que a mí me dejaron absorto y pronunció delante de todos, cuando llegó el momento de ser conducido al patio, un *¡Hágase la voluntad del Señor!,* que mismo nos dejara maravillados con su edificante humildad. ¡Lástima que el enemigo le robase sus últimos instantes, porque si no, a buen seguro que su muerte habría de haber sido tenida como santa! Ejemplo de todos los que la presenciamos hubo de ser (hasta que perdiera el dominio, como digo), y provechosas consecuencias para mi dulce ministerio de la cura de almas, hube de sacar de todo lo que vi. ¡Que Dios lo haya acogido en su santo seno!

Reciba, señor, la prueba del más seguro afecto en el saludo que le envía su humilde.

S. Lurueña, Presbítero

P. D. — Lamento no poder complacerle en lo de la fotografía, y no sé tampoco cómo decirle para que pudiera arreglarse.

Una. Y la otra.

La Vecilla (León), 12-1-42

Muy señor mío:

Acuso recibo de su atenta particular del 18 de diciembre, deseando que al presente se encuentre usted gozoso de tan buena salud como en la fecha citada. Yo, bien — a Dios gracias, sean dadas —, aunque más tieso que un palo en este clima que no es ni para desearle al más grande criminal. Y paso a informarle de lo que me pide, ya que no veo haya motivo alguno del servicio que me lo impida, ya que de haberlo usted me habría de dispensar, pero yo no podría decir ni una palabra. Del tal Pascual Duarte de que me habla ya lo creo que me recuerdo, pues fue el preso más célebre que tuvimos que guardar en mucho tiempo; de la salud de su cabeza no daría yo fe aunque me ofreciesen Eldorado, porque tales cosas hacía que a las claras atestiguaba su enfermedad. Antes de que confesase ninguna vez, todo fue bien; pero en cuanto que lo hizo la primera se conoce que le entraron escrúpulos y remordimientos y quiso purgarlos con la penitencia; el caso es que los lunes, porque si había muerto su madre, y los martes, porque si martes había sido el día que matara al señor conde de Torremejía, y los miércoles, porque si había muerto no sé quién, el caso es que el desgraciado se pasaba las medias semanas voluntariamente sin probar bocado, que tan

163

presto se le hubieron de ir las carnes que para mí que
al verdugo no demasiado trabajo debiera costarle el
hacer que los dos tornillos llegaran a encontrarse en
el medio del gaznate. El muy desgraciado se pasaba
los días escribiendo, como poseído de la fiebre, y como
no molestaba y además el director era de tierno corazón y nos tenía ordenado le aprovisionásemos de lo
que fuese necesitando para seguir escribiendo, el nombre se confiaba y no cejaba ni un instante. En una
ocasión me llamó, me enseñó una carta dentro de un
sobre abierto (para que la lea usted, si quiere, me
dijo) dirigido a don Joaquín Barrera López, en Mérida,
y me dijo en un tono que nunca llegué a saber si
fuera de súplica o de mandato:

— Cuando me lleven, coge usted esta carta, arre-
gla un poco este montón de papeles, y se lo da todo
a este señor. ¿Me entiende?

Y añadía después, mirándome a los ojos y poniendo tal misterio en su mirar que me sobrecogía:

— ¡Dios se lo habrá de premiar..., porque yo así
se lo pediré!

Yo le obedecí, porque no vi mal en ello, y porque he sido siempre respetuoso con las voluntades
de los muertos.

En cuanto a su muerte, sólo he de decirle que
fue completamente corriente y desgraciada y que aunque al principio se sintiera flamenco y soltase delante
de todo el mundo un *¡Hágase la voluntad del Señor!*,
que nos dejó como anonadados, pronto se olvidó de
mantener la compostura. A la vista del patíbulo se
desmayó y cuando volvió en sí, tales voces daba de
que no quería morir y de que lo que hacían con él no

164

había derecho, que hubo de ser llevado a rastras hasta el banquillo. Allí besó por última vez un crucifijo que le mostró el padre Santiago, que era el capellán de la cárcel y mismamente un santo, y terminó sus días escupiendo y pataleando, sin cuidado ninguno de los circunstantes y de la manera más ruin y más baja que un hombre puede terminar; demostrando a todos su miedo a la muerte.

Le ruego que si le es posible me envíe dos libros, en vez de uno, cuando estén impresos. El otro es para el teniente de la línea que me indica que le abonará el importe a reembolso, si es que a usted le parece bien.

Deseando haberle complacido, le saluda atentamente s. s. s. q. e. s. m.,

Cesáreo Martín

Tardé en recibir su carta y ese es el motivo de que haya tanta diferencia entre las fechas de las dos. Me fue remitida desde Badajoz y la recibí en ésta el 10, sábado, o sea antes de ayer. Vale.

¿Qué más podría yo añadir a lo dicho por estos señores?

Madrid, enero de 1942.

Índice

Este libro se acabó de imprimir
en Printer, S.A., Sant Vicenç dels Horts (Barcelona)
en el mes de mayo de 1990